나의 누누 일지

나의 누누 일지

발행일 2023년 6월 19일 초판 1쇄
2023년 7월 24일 초판 3쇄

지은이 김신회
펴낸곳 여름사람
편집 김유진 여수진
디자인 형태와내용사이
제작 영신사

출판등록 2023년 2월 20일 제2023-000081호
이메일 taipeik@gmail.com

ISBN 979-11-983343-1-2 (03810)

나의 누수 일지

갑자기 집에
물이 새기
시작했다

김신회 에세이

여름사람

차례

1부 누수 발생 9

2부 1년 전 21

3부 이틀째 43

4부 일주일 뒤 71

5부 3주 차 125

6부 어느새 한 달 155

7부 그리고 그 후 193

작품을 만든다는 건 자기 마음속을 계속 들여다보는 일이야.
아무리 추하고 한심해도 마주 봐야만 한다네.

드라마 〈중쇄를 찍자〉 중에서

1부 누수 발생

갑자기 집에 물이 새기 시작했다

또독… 또독… 또독….

자정이 지난 시간, 침대에 누워 있으니 어떤 소리가 반복적으로 들려온다. 혹시 개가 내는 소린가 싶어 거실로 나가보니, 자기 방석에서 자던 풋콩이가 어리둥절한 표정으로 나를 올려다본다. 평소 개가 발을 격하게 핥을 때 나는 소리와 비슷한 것 같아 발을 하나씩 만져보니 물기 하나 없이 보송하다.

침대로 돌아와 잠을 청해보지만 소리는 여전히 들린다. 큰 벌레라도 들어온 건가? 무거운 몸을 일으켜 다시 거실로 나간다. 등을 최대한으로 밝혀 벽을 훑어보고 가구 뒤편을 샅샅이 살펴도 눈에 띄는 건 없다.

혹시 전구에 벌레가 붙었나 하고 천장을 올려다보는데, 음…? 천장이 젖어 있네? 의자를 딛고 올라가 보니 몰딩 이음매로 물방울이 떨어진다. 의자에서 내려와 손으로 바닥을 더듬어보니 이미 흥건한 상태. 여기서 나는 소리였구나! 이게 말로만 듣던 누수인가?!

허둥지둥 수건을 꺼내 바닥을 닦고, 싱크대 찬장을 열어 물 받을 그릇을 찾는다. 난데없는 소란스러움에 개는 침대 밑으로 후다닥 들어간다. 놀랐지? 그래도 잠깐 거기 그러고 있어?

안팎으로 멀쩡해 보이는 건물에서 누수라니, 건축물 하자인가. 아니면 연이은 폭우로 빗물이 샌 걸까. 10층짜리 공동주택의 5층인 우리 집에 물이 샐 정도면 윗집은 어떤 상태일까. 별별 생각이 다 들지만 관리사무소도 문 닫는 시간이기에 연락해볼 데가 없다. 혹시 위층도 소란스러운가 싶어 천장을 향해 귀를 기울여봐도 적막강산. 무작정 올라가보자니 너무 늦은 시간이고.

대충 밑에 물그릇만 받쳐두고 다시 침대에 누우니 풋콩이가 와다다 뛰어 올라온다. 평소 내가 불안해하면 더 불안해하는 개를 쓰다듬으며 중얼거린다. 괜찮지? 괜찮아. 코 자자?

하지만 전혀 코 잘 분위기는 아니고 마음도 진정이 안 된다. 그래도 지금 할 수 있는 게 없으니 다시 읊조린다. 내일 되면 괜찮을 거야. 그치? 얼른 자자.

내가 하는 말은 다 나 들으라고 하는 말. 갑자기 얼굴에 열기가 훅 올라와 서둘러 에어컨을 켠다.

난세의 영웅, 입주자 대표

아침에 부은 눈으로 일어나니 상황은 더 나빠져 있다. 일부만 젖었던 벽지는 면적을 넓혀 한쪽 천장 전체로 번졌고, 다른 부분에서도 물이 뚝뚝 떨어진다.

요즘 같은 시대에는 증거를 남기는 게 중요하다는 말을 익히 들어왔다. 휴대폰 카메라를 켜서 밤새 늘어난 피해 상황을 부지런히 사진으로 남긴다. 아무리 찍어봐도 흰 천장에 흰 벽지라 떨어지는 물방울이나 젖은 벽지가 제대로 담기지 않는다.

차라리 동영상을 찍어야겠다. 스마트폰을 든 채 이리저리 포즈를 취하고 있으니 아침 댓바람부터 뭐 하는 짓인가 싶다. 아무래도 긴 하루가 될 것 같구나. 일찌감치 개를 강아지 유치원에 보내야겠다.

며칠 내 쏟아붓던 비가 오랜만에 갠 아침. 몇 걸음만 걸어도 등에 닿는 티셔츠에 땀이 스민다. 풋콩이는 웃는 건지 더운 건지 헥헥거리면서도 열심히 엉덩이를 흔들며 걷는다.

나는 여름을 좋아하지만 개는 여름을 힘들어한다. 폭염에는 산책하는 것도 쉽지 않아서 개와 함께 살고 나서부터는 여름을 10퍼센트쯤 덜 좋아하게 됐다. 그래서 아쉽냐고? 그럴 리가. 살면서 여름이 싫었던 적은 없다.

아스팔트를 타고 올라올 준비를 하는 오늘의 열기를 짐작하며 천천히 걷는다. 왕복 25분 남짓 걸리는 길을 산책하듯 걷다 보면 똑같아 보이는 하루여도 공기의 질감과 바람의 세기, 습도와 햇살이 매일 다르다는 게 느껴진다. 오늘은 무덥겠네. 습도도 높겠고. 그동안 집 안의 심란한 풍경을 잠시 잊는다.

동네로 돌아와 집으로 들어가는 대신 위층으로 올라간다. 어두운 현관문 앞에 서서 쭈뼛쭈뼛 초인종을 누르지만, 반응이 없다. 잠시 기다렸다 한 번 더 눌러봐도 묵묵부답. 한창 여름휴가 시즌이니 여행이라도 간 건가.

뒤이어 관리사무소로 향해보지만 웬일인지 문이 잠겨 있고, 노크해도 아무 소리가 들리지 않는다. 문 앞에 걸린 번호로 전화를 걸어봐도 부재중이다. 아니, 나 빼고 다 휴가 간 거야? 다급한 마음에 휴대폰에서 입주자 대표 전화번호를 찾는다.

요 몇 달 이사를 계획해왔지만 정작 이사하고 나면 아쉬울 것 같은 이유가 몇 있는데, 그중 하나가 입주자 대표다. 세상에는 그런 사람이 있다. 남 일을 내 일처럼 생각하는 사람. 누군가를 도와주고 남의 문제를 해결하는 일을 자기 삶의 보람으로 여기는 사람. 말 안 통하는 사람과도 어떻게든 좋게 좋게 풀어가는 사람. 입주자 대표는 그런 사람이다.

이 집에 살면서 이웃의 실내 흡연, 공용 공간 무단 점유, 불법 주차 등을 다양하게 겪었다. 관리사무소에 불편을 호소

해도 바뀌는 게 없었지만 입주자 대표에게 연락하면 달랐다. 난감한 이야기를 꺼내놓을 때마다 그는 그랬다. "아유, 힘드셔서 어떡해요. 제가 계속 연락 취하면서 얘기해볼게요."

욕실 배수구로 올라오는 담배 냄새 때문에 욕실 문을 열기가 두려운 날들이 1년 넘게 이어졌을 때, 관리사무소는 '건축물 특성상 흡연하는 세대가 어디인지 알 수 없다. 설령 알게 되더라도 알려드릴 수 없다'만 반복했다. "관리되는 게 없는데, 관리비를 왜 내야 합니까?" 휴대폰 너머로 흥분을 감추지 못하는 나를 향해 관리사무소장은 대답 대신 한숨만 푹푹 쉬었다. 구청에 민원을 넣어도 별다른 조치가 취해지지 않았다.

지푸라기라도 잡는 심정으로 입주자 대표에게 전화를 거니 그는 말했다. "아유, 힘드셔서 어떡해요. 집에서 담배 냄새 나는 게 얼마나 괴로운데. 누군지 밝혀내야죠! 그러니까 언제언제 담배 냄새가 나는지 귀찮더라도 꼭 기록해두세요!"

요즘도 그는 시간이 나는 대로 동네를 순찰한다. 부서진 기물이 없는지, 방치된 쓰레기는 없는지, 불법으로 주차된 차는 없는지 살핀다. 똑같이 생긴 다섯 채의 공동주택 중 우리 동만 옥상에 정원이 마련되어 있다. 입주자 대표의 가족들이 직접 가꾸고 관리하는 공간이다. 언제 가봐도 바닥에 쓰레기 하나 없고, 흡연자들을 위한 재떨이까지 마련되어 있다. 흙을 끌어와 조성한 꽃밭에는 계절마다 다른 꽃이 핀다.

떨리는 목소리로 누수 상황을 알리니 그는 특유의 기운찬 톤으로 말한다. "아유, 힘드셔서 어떡해요. 제가 관리실에 꾸준히 연락해볼게요. 잠시만 기다려주세요?" 언제나 믿음직스러운 사람. 지옥에도 천사는 있다고 했던가.

잠시 후, 입주자 대표의 파워(!)로 관리사무소 직원이 집으로 찾아온다. 그는 피해 상황을 살피며 다 들리게 중얼거린다. "음… 3주 전에 하자 보수를 실시했는데, 배관이나 배수에는 이상 없다고 나왔고… 누수가 발견된 가구도 없었거든요. 구축도 아니라 노후 때문도 아니고… 윗집에 올라가 원인을 살펴봐야겠네요."

이미 다 알고 있는 이야기를 잔잔히 건네고 자리를 뜨려는 그의 등에 대고 묻는다. "윗집하고 연락은 되셨나요?" 그는 그런 걸 왜 묻느냐는 표정으로 대답한다. "네, 댁에 계시던데요?"

아니, 있으면서 없는 척한 거야…?

대표님, 감사합니다.
만약에 상황 해결이 더디면
도움 좀 부탁드릴게요.

아 그럼요~
언제든지 연락 주세요^^
장마철인데 어떡해요~~
얼른 해결되길요~~~^^

2부 1년 전

인연의 시작

1년 전, 윗집이 이사를 왔다. 이사 전부터 대대적인 리모델링 공사를 한다고 동 전체를 잡아먹을 만큼 큰 소음을 냈다. 바로 아래층인 우리 집에는 망치 소리, 드릴 소리, 무언가를 해체하고 부수는 소리가 그대로 전달되었다. 아침부터 오후까지 반복되는 소음에 넌덜머리가 나서 하루는 쿵쾅대는 가슴을 끌어안고 뛰어 올라갔다.

곧 이사 올 이웃으로 추정되는 사람은 좀 있으면 공사가 마무리된다며 멋쩍다는 듯 뒤통수를 긁적였다. 그 말이, 좀 있으면 '오늘의' 공사가 마무리된다는 뜻이었다는 걸 이튿날 알게 됐다. 다음 날부터 또 다른 소음이 시작됐기 때문이다.

공동주택에서 인테리어 공사를 할 경우에는 공사 전에 입주민들에게 동의를 얻거나, 공사 내용과 일정, 공사 종료일 등이 적힌 안내문을 공용 공간에 부착해 알리는 것이 관례다. 공동주택관리법 제35조에 의하면 공사를 하기 위해서는 자치단체의 허가가 있어야 하고, 이를 위해 신고를 해야 하는데, 이 과정에서 입주민의 동의가 필요하다.

법령에 '리모델링은 제외한다'고 쓰여 있지만 공동주택 내 대부분의 공사 소음이 리모델링으로 인해 발생되므로, 일일이 세대를 방문해 동의를 구하는 대신 공용 공간에 미리 공지문을 게시하는 것이 상식이 된 지 오래다. 그걸 보고 타 주민들은 소음이나 불편을 예상하고, 혹시 모를 안전사고에 대비

할 수 있다.

더불어 공사 시간은 대략 오전 9시 이후부터 오후 5시 정도로 잡아, 이웃들의 퇴근 이후나 수면 시간을 방해하지 않는 것이 불문율이다. 하지만 윗집은 3주 넘게 내키는 시간마다 소음을 발생시키면서도 흔한 안내문 한 장 게시하지 않았다.

만약 미리 공지가 있었다면 집에서 작업하는 대신 별도로 일할 장소를 찾거나 외출이나 산책 시간을 더 늘려 밖에 길게 머물렀을 것이다. 하지만 낮에는 잠잠하다가도 저녁이면 망치 소리가 들리고, 하루는 조용하다가도 다음 날은 드릴 소리에 잠이 깨는 일상이 반복되다 보니 24시간 내내 신경이 곤두섰다.

지속적인 층간소음에 괴로움이 쌓여 관리 주체와 관리사무소, 입주자 대표에게 여러 번 호소했지만 소음은 줄어들지 않았다. 가구 조립하는 소리, 뭔가를 끄는 소리, 무거운 물건을 쾅 내려놓는 소리, 심지어 밤 9시 이후에도 아무렇지 않게 벽에 못을 박는 소리에 도저히 참지 못하고 한번 더 뛰어 올라갔다.

초인종을 누르고 아랫집 주민임을 밝히자 이웃은 문을 빼꼼히 열고 말했다. "왜요?"

이 해맑은 질문은 뭐지? 잠시 멍해졌지만 여기 온 목적을 잊어선 안 됐기에 엄중히 일렀다. "날이면 날마다 소음이 너무

심한데! 어떻게 좀 안 되나요?"

그러자 그는 또 한번 순수하게 질문했다. "여기가 층간소음이 심해요?" 나를 물음표 지옥에 가둘 셈인가. 그래도 나는 질문에 꼬박꼬박 대답하는 성실한 타입. "네, 그렇습니다! 층간소음이 심하죠! 작은 소리도 그대로 전달됩니다!"

그러자 그는 "몰랐어요. 조심할게요" 하고는 냉큼 현관문을 닫았다. 나는 닫힌 문 앞에서 잠시 멍하니 서 있다 하릴없이 집으로 내려왔다. 그날 밤 잠을 설치며 생각했다. 왜 나는 하려던 말의 반의반도 못 하고 돌아왔는가. 도대체 뭐 때문에. 누굴 위해서!

고요한 생일

오늘은 내 생일. 몇 년 전부터 생일은 혼자 보낸다. 정확히는 개와 함께지만, 일부러 일정을 잡지 않고 집에서 조용히 지낸다.

미역국도 안 먹는다. 어렸을 때부터 왜 내 생일에 내가 미역국을 먹는지 의문이었다. 날 낳은 엄마가 먹어야 하는 것 아닌가. 케이크도 혼자 먹기에는 부담스러워서 생략하고, 좋아하는 와인과 음식을 몇 개 준비해 단출한 저녁상을 차린다.

요즘에는 카톡에 생일을 알려주는 기능이 있어서 고요한 생일을 보내는 일이 쉽지 않다. 생일 축하 메시지와 함께 도착하는 '생일에 뭐 해?'라는 질문에 '아무것도 안 해'라고 대답하면 그 사이에 둥둥 떠다니는 안타까움, 안쓰러움 또는 침묵. '나는 괜찮아'라고 말할 수도 없고 '이게 좋아서 이러는 거야'라고 말하기도 그렇고 '그렇담 네가 만나줄래?'도 내키지 않아서 그저 축하해줘서 고맙다고만 한다.

그리고 도착하는 선물들. 생각지도 못한 사람한테서 기프티콘이 도착하고, 거절하는 것도 난감해 일단 받아두고, 그걸 기억해뒀다가 그 사람 생일에 비슷한 무언가로 보답하는 일종의 물물교환이 때로는 기이하게 느껴진다(Feat. 핸드크림). 생일에 기프티콘 주고받기는 일종의 축의금 문화가 돼버린 것 같다. 비슷비슷한 선물 사이에 숨은 마음 찾기랄까. 누군가에게 내 선물도 그렇겠지.

얼마 전에 가까스로 생일을 비공개로 전환하는 데 성공했다. 한참 방법을 몰라 헤맸다. 나는 가린 줄 알았는데 사람들은 보인다고 하고, 제대로 가려졌는지는 정작 생일이 돼봐야 알 수 있고… 왜 그렇게 어렵게 해놓은 건지. 어쨌든 내 생일을 기억하는 최측근에게만 축하받게 되니, 비로소 생일이 진짜 생일 같아졌다.

소싯적(!)에는 '특별한 날은 특별하게!'라며 없는 이벤트도 만들어 왁자지껄 놀았다. 그래 봤자 일상이 축제가 될 리 없는데 어떻게든 신나는 기분을 유지하기 위해 애썼다. 하지만 이제는 평소와 다름없는 하루가 더 끌린다. 매일 먹는 아침을 먹고, 책을 읽고, 개와 산책하러 가고, 어제 하던 일을 이어서 하다 문득 오늘의 의미를 느낀다.

이른 나이에 나를 낳은 엄마는 분명 힘들었겠지만 둘째의 무사 탄생을 기뻐했을 것이다. 어떻게든 이 아기를 잘 키우겠다고 다짐하셨겠지. 엄마의 기대에는 못 미칠지 몰라도 이만큼이나 커서 또 한번의 생일을 맞이했다는 실감 자체가 생일 선물 같다. 수십 년 전 세상에 뚝 떨어져 이만큼을 살았네. 어르신들은 '네가 저절로 큰 줄 아냐?'고 말하지만 나도 자라느라 고생 많았다.

과거에는 생일이 세상에 태어남을 축하받는 날이었다면, 이제는 여태까지의 세상을 버텨온 나를 스스로 다독이는 날이 됐다. 내 생일은 연말쯤이라 한 해를 돌아보는 용도로도 쓰인다. 아픈 데가 없으면 좋지만 있어도 어쩔 수 없고, 일이 잘 풀리길 바라지만 아니어도 어떻게든 살아지고, 속상한 일이 있어도 이만하길 다행이다 싶고, 어쩐지 해탈한 느낌으로 받아들이게 되는 하루다.

이번 생일도 집에서 개와 보내며 생각했다. 별일 없는 오늘이 내년에도 이어지면 좋겠다고. 몇 년이 지나도 풋콩이와 이렇게 보낼 수 있으면 좋겠다고. 풋콩이는 오늘이 엄마 생일인지도 모르는 채로 쓰다듬는 내 손길이 편안한 듯 스르륵 눈을 감았다. 그런 개를 바라보며 생각했다. 나는 이거면 됐다.

바로 그때, 정수리 위로 망치 소리가 들렸다. 쿵쿵쿵쿵. 절로 신경이 쭈뼛 섰다. 한밤중에 망치질이라니 정신이 있는 거야, 없는 거야? 심장이 빠르게 뛰었다. 망치 소리는 잦아들 기미 없이 한동안 이어졌다. 오늘은 진짜 못 참아.

와인 한 잔에 벌게진 얼굴을 마스크로 가리고 윗집으로 뛰어 올라갔다. 초인종을 눌러도 반응이 없어 주먹으로 현관문을 쾅쾅 두드렸다.

잠시 후, 문 사이로 지난번에 마주한 얼굴이 나타났다. 아 또 당신입니까? 알딸딸한 머릿속을 정신력으로 다잡으며 말했다. "아니, 대체 집수리를 언제까지 하실 건가요? 해도 해도 너무 하시는 거 아니에요?"

　　그러자 이웃은 침착하게 대꾸했다. "이사 와서 그렇잖아요." 그다음에 올 말을 기다리고 있는데 그는 할 말은 그게 다라는 듯 가만히 서 있었다. 아니, 사과 안 해요? 사과할 줄 몰라요? 미안하다는 말 한마디 없이 빤히 쳐다보고 있는 꼴이 황당해서 저절로 입이 터졌다. 너무 시끄러운 거 아니냐, 밤중에 망치질이 웬 말이냐, 비단 오늘 일만이 아니다, 아침이고 저녁이고 계속 이러실 거냐 등등. 그러자 예상치 못한 이야기가 날아왔다.

　　"저희 집에서도 윗집 소음이 들리더라고요. 그런데 저는 아무 말 안 하거든요." 그리고 또 가만히 있기. 저번에는 질문 타임이더니 이번에는 아량 대결인가. 그래! 나는 속이 좁다. 속이 좁아서 이렇게 쪼르르 올라온다! 생일이고 뭐고 열이 뻗치기 시작했다.

　　"아니, 그럼 저도 가만히 있어야 하나요?!"

　　"그럼 어떡해요. 공사가 남았는데. 커튼도 달아야 하고, 유리도 갈아야 하고. 일정이 아직 많이 남았어요." 차분하게 앞으로의 공사 스케줄을 읊는 모습에 어이가 없어 내뱉었다. "제가 그걸 왜 알아야 하는데요! 소음이 벌써 몇 주째예요?!" 그러자 그는 이해해달라는 말과 함께 슬그머니 문을 닫았다. 그사이 중얼거리는 말을 나는 똑똑히 들었다. "너무 예민하시네…." **뭐어? 예민?! 예에에에미이이인??!** 하지만 이미 문은 닫혔고 나는 또 한번 닫힌 문 앞에서 멍하니 서 있었다. 이거 데자뷔인가! 아니다, 생 리얼이다!

한 번도 아니고 여러 번, 남의 집 초인종을 눌러가며 층간소음의 고충을 털어놓는 일이 어디 쉬운가. 현관문 너머 어떤 사람이 나올까 겁나고, 내가 너무 과민한 건가 자책하게 되고, 행여나 위험한 일에 휘말리진 않을까 불안하다.

하지만 애써 화를 누르며 올라온 사람에게 되레 이해를 요구하는 모습 앞에서 할 말을 잃었다. 정수리가 불붙은 성냥 심지처럼 타닥타닥 타올랐다. 그러다 검게 그을려 풀썩 연기를 내면서 장렬히 전사. 내 속이 딱 그랬다.

지속적인 층간소음은 영혼까지 바짝 마르게 한다. 일상은 황폐해지고 세상의 모든 소리에 신경질적이 된다. 음악을 틀어보아도 음악 소리와 층간소음은 한데 섞이지 않아 배로 시끄러울 뿐이다. 조용한 날은 언제 이 평화가 깨질지 몰라 마음 졸이게 되고, 시끄러운 날은 내내 가슴 두근거림이 멈추지 않는다.

얼마 뒤, 공사 소음이 지나간 자리를 생활 소음이 채웠다. 발망치 소리에, 고성에, 물건을 끌고 바닥에 던지는 소리 등 사람이 낼 수 있는 소음이란 소음은 다 들렸다. 이제껏 공동주택에서 살아본 적이 없는 사람들인가?

층간소음이 발생하는 시간을 관찰해보니 그들은 자정 무렵부터 본격적으로 활동을 시작했다. 심지어 새벽 1시 반에 창문을 활짝 열어놓은 채 온 가족이 신나서 발을 구르며 고스톱을 쳤다. 나를 괴롭게 하는 이웃의 화목! 그렇다고 그들의 불화가 반갑지도 않았던 것이, 고래고래 소리 질러가며 언쟁이라도 벌이는 날은 그런 날대로 신경이 곤두섰다. 나는 분명 아랫집에 살고 있는데, 마치 그 집 문간방에 세 들어 사는 것 같았다.

'이웃은 로또'라고, 어떤 사람이 내 위아래 옆에 살게 될지 모른다. 하지만 로또는 내가 사러 가지 않으면 평생 가까이 할 일이 없다. 근데 이건 뭐, 하루아침에 시한폭탄 하나를 택배로 배송 받은 꼴이다. 나는 반송 불가인 그 골칫덩이를 들었다 놨다 집어 던졌다 발로 찼다 하며 1년간 혼자 생쇼를 했다.

얼굴만 두어 번 본 윗집 사람들에 대한 분노가 겹겹이 쌓여갔다.

입주자 대표님, 안녕하세요.
다름이 아니라 층간소음 때문에
너무 힘들어서요. 604호에서
소음이 너무 심한데 이럴 땐
어떻게 하는 게 좋을까요?

어머 그 소리가 그 집에서
나는 거였어요~~~?
꼭대기층인 저희 집에도 들리던데~
매일 괴로우셔서 어떡해요.
제가 연락해서 조치해볼게요~~^^

돌아가고 싶은 집

초등학생 때, 방학이 되면 며칠씩 놀러 가던 친척 집이 있었다. 연년생 언니와 손잡고 33-1번 버스에 타, 멀미를 참으며 30분쯤 가면 도착했다. 소위 부자들 동네에 있는 고층 아파트였다.

먹고사느라 여름휴가를 떠날 새도 없었던 부모님은 우리가 집을 비운 동안 겨우 한숨을 돌렸으리라. 아이 둘을 맡아주는 친척 어른에 대한 고마움과 머쓱함에 지기 싫은 마음이 섞여 있었는지 엄마는 우리를 그 집에 보낼 때마다 집에서 제일 좋은 옷을 챙겨 입히거나 새 옷을 사 입혔다. 그 집에 갈 때마다 나는 몸보다 큰 옷을 입었다.

언니가 누른 초인종 소리에 문이 열리면, 희미하게 달콤한 냄새가 현관까지 퍼져 나왔다. 사탕 냄새도, 꽃 냄새도 아닌 그 냄새를 나는 부잣집 냄새라고 믿었다. 부잣집에서는 좋은 냄새가 나네. 이 집에 머무는 동안 나한테도 그 냄새가 날까 싶어 슬쩍 내 냄새를 맡아보곤 했다.

현관문을 열면 바로 싱크대가 보이는 우리 집과는 달리, 그 집 부엌은 한참을 걸어 들어가야 나왔다. 부엌의 하이라이트는 냉장고였다. 커다란 아이보리색 냉장고는 마치 작은 슈퍼마켓 같았다. 음료수도 종류별로 있었고, 병에 든 소스도 과일도 채소도 많았다. 크고 작은 반찬 통도 여러 개였는데 안에 각기 다른 내용물이 꽉꽉 들어 차 있었다.

"먹고 싶은 거 있으면 얼마든지 꺼내 먹어라." 친척 어른은 늘 그렇게 말했지만, 나는 그 집에 머무는 동안 냉장고 문을 열지 않았다. 차려주는 밥만 먹고 주는 간식만 받아먹으며 입 짧은 아이처럼 굴었다. 그 집에서 걸신들린 듯이 먹는 건 엄마 아빠를 우습게 만드는 일 같았다.

뭐든지 크고, 깨끗하고, 넘치는 것처럼 보였던 곳에서의 체류가 끝나고 집으로 돌아가는 길은 발걸음이 무거웠다. 집에 가고 싶으면서도 가고 싶지 않았다. 그 집은 없는 게 없잖아. 우리 집은 작고 좁고 지저분하잖아. 좋은 냄새도 안 나고. 온갖 암울한 생각을 하면서 집으로 향하니 기운이 날 리 없었다.

축 처진 어깨로 집에 도착해 현관문을 열면 그 집과는 다른 냄새가 났다. 뭐라도 먹으려고 냉장고를 열어보면 김치밖에 없었다. 잔뜩 풀이 죽어 언니와 함께 쓰는 좁은 방에 들어가 누웠다. 가구도, 벽지도, 이불도, 책상도 그 집과 달랐고 모조리 마음에 들지 않았다.

중학교는 집에서 좀 떨어진 동네로 배정받았다. 새로 생긴 아파트 단지를 위해 세워진 학교에는 세련된 아이들이 많이 다녔다. 새로 사귄 친구들 집에 놀러 갔을 때, 어린 시절 친척 집에서 나던 냄새가 났다. 부엌도 현관에서 한참 걸어가야 나왔고, 냉장고에도 뭐든 들어 있는지 노는 내내 맛있는 간식이 끝도 없이 나왔다.

반쯤은 어리둥절한 채 집으로 돌아오는 길에는 부모님에 대한 원망이 부글부글 끓어올랐다. 그 시절 우리 집은 돌아갈 수 있는 유일한 장소였지만 돌아가고 싶지 않은 곳이었다. 내 집이지만 내 집이 아니었으면 하는 곳이었다.

나는 말이 많은 편이었고 대화로 친구들을 웃기는 걸 좋아했지만 집 이야기만 나오면 입을 다물었다. 예민한 사춘기 시기에 거론하고 싶지 않은 주제를 갖고 있다는 사실이 나를 점점 작게 만들었다. 티 내기 싫어서 씩씩한 척했다. 소풍날이면 엄마를 졸라 좋은 옷을 사 입고 갔다. 남이 나를 어떻게 보는지 늘 신경 썼다. 남들에게 기죽지 않으려면, 가진 게 없는 사람이 호감을 사려면, 어떻게 행동해야 하는지 절로 체득했다.

성인이 되고 나서는 우리 집이지만 내 집은 아닌 집에 살았다. 본가에 얹혀살았고, 친구 집에 신세 지거나 모르는 사람 집에 월세를 내며 살았다. 그러는 동안 자유와 속박을 동시에 경험했다. 어차피 내 집이 아니라는 산뜻함과 어떻게 해봐도 내 집은 아니라는 쓸쓸함이 반반이었다.

그 시절 나에게 집은 임시 보호소였다. 머물러야 할 곳이 아닌 떠나야 할 곳, 더 좋은 곳으로 가기 위한 경유지였다. 임시 보호소와 경유지에 취향 같은 게 반영될 리 없기에 살면서도 정이 가지 않았다.

취향이 어느 정도 굳어진 나이에 취향과 동떨어진 곳에서 살아야 하는 건 고역이었다. 그렇지만 어디 현실이 나의 취향 따위를 배려하는가. 현실이 시궁창이면, 취향은 거기다 꾸역꾸역 달아놓은 레이스 커튼 같은 것이다. 도저히 공존할 수 없는 것. 그렇지만 떼어버리기엔 아쉬운 것. 끝내 내려놓지 못한 고집 때문에 점점 더 구차해지는 것.

그러다 몇 년 전, 내가 쓴 책이 많이 팔려 통장에 생전 본 적 없는 숫자가 찍혔다. 행복할 줄 알았지만 그렇지 않았다. 처음 보는 숫자가 무서워서 꽤 오래 잔고를 들여다보지 않았다.

이듬해 봄에 종합소득세 신고 서류가 도착했는데, 나보고 세금을 내라고 했다. 세금을 내라고? 왜? 이제껏 늘 5월이면 나라에서 용돈 받았다며 킬킬거리는 게 낙이었는데 돈을 내라니. 부랴부랴 세무사를 소개받아 상담을 받는데 그가 말했다. "세금 따로 준비해두셨죠? 엄청 나올 것 같은데."

"엄청이요? 아, 어떡하지….'

"어떡하긴요. 내야죠. 아니 근데, 재작년에는 수입이 거의 없던데, 무슨 일 하세요?"

"…작가예요.. …책 써요."

"무슨 책을 쓰는데 이런 액수가 나와요?"

"…있어요. …보노보노라고…."

큰돈을 벌어 행복해하기는커녕 불안감에 전전긍긍하는 나를 가까운 사람들조차 이해하지 못했다. 그러던 중 한 다큐멘터리를 보면서 무릎을 쳤다. '아, 나랑 똑같은 사람이 저기 있잖아!'

미국의 작가 프랜 리보위츠는 10대의 나이에 글을 쓰겠다는 일념 하나로 뉴욕으로 간다. 이후 택시 기사, 청소 등 닥치는 대로 일하며 작가의 꿈을 키워나간다. 이제는 유명인이 된 그는 직접 출연한 다큐멘터리 〈도시인처럼〉(넷플릭스)에서 큰돈을 번 순간에 대해 이야기한다.

생애 처음으로 10만 달러짜리 수표를 받은 그는 늘 가는 식품점에 가서 샌드위치를 하나 사고 수표를 낸 다음 거스름돈을 현금으로 달라고 해야 하나 고민할 정도였다고 한다. 당시 그에게는 돈을 맡길 은행 계좌조차 없었다. "솔직히 말하자면 그 수표가 너무 무서웠어요. 그 액수가 어느 정도인지 감도 안 왔어요. 입이 떡 벌어질 거액이란 것만 알았죠. 처음으로 돈이란 걸 벌었을 땐, 무서웠던 것 같아요. 살면서 단 한 번도 돈을 보며 기쁜 적은 없었습니다. "

내가 그랬다. 돈을 좋아하는 줄 알았지만 아니었다. 가져본 적 없는 걸 좋아하는 게 가능하기나 한가. 당연히 어떻게 써야 하는지도 몰랐다.

마음을 졸이다 집을 장만하기로 했다. 집을 사면 내 잔고는 예전처럼 홀쭉해지겠지만, 더 이상 큰 숫자를 무서워하지 않아도 된다. 그렇게 전 재산에 영혼까지 끌어모아 산 집이 이 집이다. '드디어 내 집 장만'이라는 현실에 하염없이 들뜰 줄 알았는데 급격하게 우울감이 몰려왔다. 왜 이러지? 대체 왜 이렇게 불안하지?

나는 집이 생겼다는 사실을 즐기기보다 집이 생겼다는 변화에 허둥댔다. 돈을 대하는 나의 태도와 집을 대하는 태도는 결국 같았다. 나는 낯선 걸 두려워하는 사람. 새로운 걸 즐기지 못하는 사람. 걱정이 없으면 만들어서라도 하는 사람. 불안이 큰 사람은 현재를 살지 못한다. 과거에 얽매이거나 미래를 두려워하느라 지금을 놓친다. 새로이 갖게 된 돈과 집은 내가 가진 불안을 더 크게 불려놓았다. 매일 집구석에 틀어박힌 채, 이 집이 나의 불안과 나를 동시에 집어삼키는 상상을 했다.

어린 시절부터 지금까지 이어져온 집에 대한 복잡한 심경은 어디서 왔을까. 왜 어떤 집에 살아도 안정감을 느끼지 못할까. 그건 집의 문제일까 나의 문제일까. 도대체 어디서 살면 편안할까. 질문은 그득한데 답이 없었다.

그러다 문득 가족이라는 단어가 떠올랐다. 이 집에서 나만의 가족을 만들어볼까. 그게 꼭 사람일 필요는 없겠지. 고민의 시간을 거쳐 개를 입양했다.

풋콩이와 살고 나서부터 집에 대한 마음이 조금씩 달라졌다. 얼른 집에 가고 싶어졌다. 이유 모를 불안과 부담을 안겨주었던 공간이 점점 확실해지는 온기로 나를 감쌌다. 우리, 불행해도 같이 불행하고, 행복해도 같이 행복하자. 풋콩이를 안고 있으면 앞으로 내게 벌어지는 모든 일들도 이렇게 끌어안을 수 있을 것 같았다.

나에게 진정 필요했던 건 좋은 집이 아니었다. 그저 나를 얼른 집으로 돌아가고 싶게 만드는 존재가 필요했다. 그걸 깨닫고 나니 더는 다른 사람들의 집이 부럽지 않았다. 우리는 이곳에서 가장 안전하니까. 감당할 수 있을 만큼 행복하니까. 매일 서둘러 집으로 돌아와, 가능한 한 길게 머물렀다.

그런데 그 집에 자꾸만 균열이 생긴다. 가까스로 벗어던진 불안과 초조를 누군가가 '이거 네 거잖아' 하고 다시 어깨에 올리고 간 느낌이다. 이 부담스러운 짐을 어쩌면 좋을까.

풋콩아, 옴마미 어떡해야 되냐.

3부 이틀째

분노의 퍼프질

하릴없이 거실을 왔다 갔다 하다 거울 앞에 앉는다. 좀 있으면 윗집 사람을 만나러 가야 하니 일단 화장을 하자. 이 화장은 무시당하고 싶지 않아서 하는 화장. 일명 전투 화장이다. 덤벼라 세상아!

몇 년 전부터 외모에 들이는 시간을 대폭 줄였다. 외모는 나라는 사람을 규정할 수 없다는 의식, '여자는 예뻐야 한다'라는 사회의 통념에 순응하지 않겠다는 마음이 컸지만 허심탄회하게 말해 가장 유력한 이유는 아무리 꾸며도 달라지지 않아서다. '공들여봤자 티도 안 난다'라는 팩트는 나를 점점 자연인으로 만들었다. 요 몇 년 가장 자주 입는 옷은 회색 맨투맨 티셔츠와 같은 색깔의 고무줄 바지, 일명 스님 룩이다.

그러면서도 거사(!)를 앞두고 가장 먼저 하는 건 화장이다. 돌격하기 전, 갑옷을 두르듯 얼굴을 매만지는 내 모습이 '비웃기다'고 해야 할지 '웃프다'고 해야 할지.

그러다가도 변명한다. '사람들은 외모로 타인을 평가하기도 하잖아.' 하지만 나는 뭐 다른가. 나 역시 누군가의 용모나 체형 또는 꾸민 모습으로 그를 판단하지 않나. 너도 그러면서 무슨 다른 사람들 타령이야. 괜찮다. 원래 삶은 코미디고 사람은 모순적이다. 그걸 받아들이지 못하는 사람들만 고생한다.

물 떨어지는 소리를 배경음악 삼아 얼굴을 두들겨대자니 썩은 웃음이 흐른다.

정보화 시대의 폐해

꾸밈 노동에 정진하고 있으니 초인종 소리가 들린다. 현관문을 열자 관리사무소 직원이 서 있다.

"누수 탐지 업체에 연락했는데 점심시간 지나고 올 수 있다네요. 조금만 기다려주세요." 지금부터 세 시간은 기다려야 된다는 얘기네. 그래도 좀 있으면 원인이라도 알 수 있겠지.

그사이 아침을 먹자. 커피를 내리고, 좋아하는 빵과 채소, 과일로 상을 차린다. 열심히 씹으며 스마트폰을 열어 인터넷 검색창에 글자를 친다.

누수 피해

단 네 음절만 입력했을 뿐인데 각종 정보들이 와르르 쏟아진다. 무엇보다 누수 피해를 보상받지 못해 속이 타 재가 돼버린 사람들 사연이 상단에 뜬다. 해당 게시물들에 자주 등장하는 문장은 다음과 같다.

나 몰라라 하네요, 배 째라는 식이네요, 연락이 두절됐어요….

읽다 보니 가슴속에서 깊은 한숨이 누수되어 흘러넘친다. 지금 우리 집에서 흐르는 것은 빗물이 아닌 나의 눈물이겠지. 나의 눈물, 바다 되어 온 세상을 적시리….

그만! 이럴 때가 아니다! 지금 나에게 가장 필요하고, 가장 정확한 정보를 가려내야 한다! 일단 순서대로 읽어볼까. 다 읽고 나니 법률 사무소의 광고 블로그다. **누수 분쟁, 저희가 책임지고 해결해드립니다!** 에라이 씨.

시대가 발전할수록 정보량은 방대해지고, 그 안에서 '올바른' 정보를 '제대로' 선택해야 한다는 부담감은 개인의 몫이된다. 정보가 이렇게나 많은데도 선택을 '그렇게밖에 못 한' 사람의 능력 탓이 되는 것이다. 몇 년 전만 해도 매 끼니 음식 메뉴 하나 결정하지 못하는 결정 느림보들이 이해되지 않았는데 어느새 그들에게 공감하게 된다. 요즘은 선택지가 많아도 너무 많다.

외출할 때마다 눈길을 사로잡는 풍경이 있다. 똑같은 디자인의 티셔츠나 양말을 색깔별로 진열해놓은 옷 가게 디스플레이다. 알록달록 눈이 즐거운 열과 행을 보면 그중에서 하나는 골라야 할 것 같은 기분 좋은 부담감이 엄습한다. 이것도 예뻐 보이고, 저것도 괜찮은 것 같고. 고심 끝에 하나를 골라 집에 와서 보면 영 마뜩잖던 경험, 나만 있나?

결국 그 아이템은 옷장에 처박히거나 환불 목록에 들어간다. 그러고 나서도 비슷한 풍경을 마주하면 다 까먹었다는 듯 하나를 고르고 또 후회한다.

다양한 선택지는 선택의 즐거움을 부여할 것 같지만 마음을 혼란스럽게 만들고, 결국에는 불만족스러운 결정으로 이끈다. 한 심리 실험에 의하면 가장 적절하다고 생각되는 선택지의 수는 5~10개 사이라고 한다. 5개 미만일 때는 선택지가 적어 불만족스럽게 여겨지고, 10개가 넘어가면 부담을 느끼기 때문이라고.* 선택지가 무한할 때보다 어느 정도만 있을 때, 더 쉽게 결정할 수 있다.

　그래서인지 나는 선택지가 많아 혼란스러울 때면 익숙한 것을 고른다. 종류만 서른 가지가 넘는 아이스크림 가게에 가도 늘 같은 맛 아이스크림을 선택한다. 다음에는 다른 걸 먹어봐야지 다짐하지만, 다음번에 가도 아는 맛을 고른다. 후회하기 싫어서.

　그렇다면 그 많은 선택지와 정보가 굳이 필요할까. 현명한 선택을 위해 필요한 건 다양함이 아닌 '나는 내가 안다'는 뚝심 혹은 '이래도 흥 저래도 흥' 하는 유연함일지도 모른다.

　정보의 바다에서 생존수영 하듯 블로그를 살피고, 커뮤니티 글, 법무사, 변호사 사무실의 광고 글도 읽어보면서 확실하게 새긴 정보 하나는 '공동주택의 세대 내에서 발생한 누수 피해는 윗집이 보상하는 것이 관례'라는 것. 법이라고는 모르는 나조차 이미 여러 번 접한 이야기다.

　그럼에도 불구하고 인터넷상에는 피해 보상을 미루는 윗집 때문에 벌어진 갖가지 야단법석이 줄줄이 이어진다. 그게 곧 내 이야기가 될 것만 같은 예감. 서서히 가슴이 조여온다.

---

* 〈짜장? 짬뽕? 짬짜면도 해결 못 한 한국인의 결정 장애〉, 2023. 2. 19, 〈동아일보〉.

전쟁의 서막

누수 탐지 업체 노동자 두 사람과 관리사무소 직원이 집에 도착한다. 그들의 두툼한 복장 안으로 진땀이 흐르고 있을 것 같아 에어컨 온도를 잔뜩 낮춘다.

리더로 보이는 업체 사람이 커다란 손전등을 들어 천장과 바닥, 벽 쪽을 샅샅이 살피더니 말한다. "아무래도 윗집에서 샌 게 맞는 것 같은데." 그 말에 서둘러 치고 나간다. "우리 집 어딘가에서 샌 건 아니고요?"

다른 한 사람이 대신 대답한다. "이 집에서 물이 새면 아랫집에 누수가 일어났겠죠. 일단 위에 올라가서 보겠습니다." 그 말을 끝으로 세 사람은 윗집으로 올라가고 화려한 적요가 나를 감싼다.

현관문 앞에 멍하니 서 있다 정신을 차리려고 도리질을 한다. 우선 아랫집에 내려가보자. 얼마 전 아기가 태어났다는 걸 알고 있어서 초인종 대신 문을 콩콩 두드린다. "계세요?"

머리 위에 까치집을 인 남성이 부스럭거리며 문을 연다. "네?"

"안녕하세요, 윗집 사람인데요. 혹시 댁에 누수가 발생하진 않았나요? 저희 집이 지금 누수가 돼서 혹시나 하고요."

남자는 무슨 자다가 봉창 두드리는 소리냐는 듯한 표정이다. "저희 집은 괜찮은 것 같은데요." 안도감이 일면서도 온 김에 분명히 해두는 게 좋을 것 같아 다시 묻는다. "에어컨 쪽을 한번 봐주시겠어요? 저희도 그쪽이 누수가 돼서요."

남자는 등을 돌려 에어컨 쪽으로 걸어간다. 우리 집과 똑같이 생긴 거실에는 아기 이불, 딸랑이, 쏘서가 두서없이 놓여 있다. 아기는 자나 보네. 남자는 벽 쪽을 기계적으로 살피고 돌아와 말한다. "괜찮아요. 아무 문제 없어요."

"예, 감사합니다. 혹시라도 누수가 생기면 꼭 말씀해주세요." 속으로 다짐한다. 나는 이 집에 누수가 생기면 반드시 신속하게 처리해줄 거야. 그 생각과 함께 내가 얼마나 문화시민인지가 느껴져 나조차 나에게 잠깐 반한다.

집으로 돌아와 털썩 소파에 앉으니 세 사람이 내려온다. 그중 '아마도 리더'가 별일 아니라는 듯 말한다. "에어콘 실외기 호스에 물이 꽉 차 있었어요. 그 물이 역류해서 밑으로 샌 모양이에요. 수리 완료했고요. 이제 누수는 없을 거예요."

나는 다급하게 묻는다. "건물 하자는 아니죠?" 리더는 덧붙인다. "네, 건물 하자는 아니고 호스를 빼니까 물이 아주 그냥 펑 터지더라고요." 호스에 물이 아주 그냥 펑. 무슨 말인지 모르겠다. 뒤이어 관리사무소 직원이 말한다. "윗집에서 수리비 내고 처리 끝났고요. 피해 보상에 관해선 개인적으로 협의하셔야 할 겁니다."

그 말이 끝나기가 무섭게 인터넷 검색을 통해 득한 정보를 읊는다. 내가 알고 싶은 사실은 단 하나다. "누수 피해는 윗집이 보상하는 게 맞잖아요?"

"그렇죠. 그러니까 잘 협의하셔야…" 업무가 종료된 두 사람은 서둘러 떠나고, 관리사무소 직원 역시 어영부영 자리를 피하려는 눈치다. 그 마음을 모르는 건 아니지만 짜증이 스멀스멀 올라온다. "그럼 지금 올라가서 얘기할게요."

그러자 그는 곧이어 벌어질 싸움이 염려되었는지 좀 이따가 가보는 게 좋을 것 같다는 분위기를 풍긴다. "왜요? 지금 가야죠. 공사 끝났다면서요?" 금방이라도 달려가 한판 붙을 것 같은 기세에 뜨악했는지 그는 적어도 자기가 내려간 다음에 가면 안 되겠냐는 말을 온 얼굴로 하고 있다.

"아니, 선생님. 뭐가 불편하신 건데요? 같이 가주시지 않아도 돼요. 그러니까 제가 가서 해결하겠습니다." 그 말에 그는 출발 신호를 뒤늦게 들은 육상 선수처럼 허둥지둥 신발을 신는다.

살면서 문제가 생겼을 때 당신은 어떻게 대처하는가. 적극적으로 해결하려 애쓰는가 아니면 최대한 열심히 도망치는가. 나로 말할 것 같으면 후자다. 냄비에 상한 찌개가 있는데, 그걸 처리할 엄두가 안 나면 뚜껑을 덮으면 된다. 그러라고 뚜껑이 있는 것이다. 나는 인생에 크고 작은 뚜껑이 엄청 많아서 이건 이 뚜껑으로 덮고 저건 저 뚜껑으로 막으면서 살아왔다.

하지만 언젠가부터 그게 가능하지 않게 됐다. 내가 움직이지 않으면 일이 없고(프리랜서), 내가 가만히 있으면 한 달 전에 떨어뜨린 쓰레기도 그 자리에 그대로 있다(1인 가구). 내가 누워 있으면 개는 밥을 못 먹고, 산책도 하지 못한다(개 어멈). 한평생 회피형 인간으로 지내온 나는 어느 순간부터 그렇게 살 수 없게 돼버렸다. 자, 가보자고.

팔뚝을 걷어붙이고 콧바람을 휘날리며 윗집으로 향한다. 굳게 닫힌 문 앞에 서서 잠시 호흡을 가다듬고 초인종을 누른다. 잠시 후 문 사이로 서늘한 얼굴이 나타난다. 또, 그대네요 바로 그대네요. 인사를 생략하고 바로 본론으로 들어간다. "누수 피해 있으니까, 밑에 와서 확인해주세요." 그러자 날아드는 한 마디. "왜요?"

내가 잘못 들었나.

"네?"

"그러니까, 왜요."

가슴이 웅장해진다. 얼굴이 달아오른다. 예상치 못한 반격을 대할 때마다 나는 말문이 막힌다. 얼굴은 불타오르는데, 몸은 차갑게 식어 덜덜 떨린다. 그래도 할 말은 해야겠기에 애써 침착을 가장한다. "선생님 댁에서 누수가 돼서 저희 집 천장이 다 젖었다고요. 피해 상황을 보셔야 보상을 하죠." 그는 대꾸한다. "무슨 보상이요?"

진정해, 나 자신. 흥분 금지. 나는 나를 다독이며 떨리는 목소리로 말을 잇는다. "이 집에서 떨어진 물 때문에 저희 집에 물이 새는데, 보상해주셔야죠."

"공사 다 했는데요? 그럼 끝이죠."

네? 끝이요?! 끓는점에 도달한 분노를 애써 가라앉히며 낮은 목소리로 포효한다. "아랫집에, 누수가 되면, 윗집에서 확인하고, (목소리가 점점 커진다) 보상하는 게 맞, 습, 니, 다! (버럭) 그게 법이라고요!" 그 말에 그는 통렬하게 치고 나온다. "무슨 법이요? 그런 법, 처음 들어보는데요?!" 나는 목놓아 외친다. "모르면 확인해보세욕! 인터넷에 다 나와요욕!!"

찰나의 시간, 그와 나의 시선이 얽힌다. 우리는 작은 눈을 최대한 더 작게 만든 다음 서로 열심히 노려본다. 하지만 그는 노려보는 일보다 문 닫는 일이 더 급했는지 문고리를 쥔 채 연락처를 요구한다. 그로써 잠시 휴전.

남의 집 현관문 앞에서 두 주먹 쥐고 있어봤자 해결될 건 없을 것 같아 연락처를 건넨다. 그가 통화 버튼을 누르니 내 휴대폰 화면에 낯선 숫자가 뜬다. 그걸 확인하고는 말없이 등을 돌린다. 나 물러서는 거 아니야. 잠시 쉬어가는 거야. 오해하지 말라고!

짐짓 대범한 척했지만 새가슴인 내 가슴은 세차게 뛴다. 나는 싸움을 무서워한다. 싸움이 날 것 같은 분위기만 느껴져도 일단 쫀다. 하고 싶은 말은 공중으로 흩어져 아무 말도 생각나지 않는다. 그래서 애초부터 싸울 일을 만들지 않는다. 못마땅한 상황이 생겨도 일단 참는다. 그러고 나서는 속이 풀릴 때까지 뒤에서 씹는다.

'똥이 무서워서 피하냐? 더러워서 피하지!' 하고 말하지만 나에게 똥은 더럽기도 하지만 무섭기도 한 것. 똥과 거리를 두는 방법은 아예 똥을 생산하지 않는 일일 텐데, 나는 인간이고, 매일 똥을 만든다. 그리고 상대방 역시 인간이라 매일 똥을… 싼다. 아무리 애써봐도 살면서 똥을 피하기란 쉽지 않다. 인간과 똥은 운명 공동체다.

집으로 내려오고 나서도 떨리는 가슴이 진정되지 않는다. 그래도 이제 물은 새지 않을 테니 다행인가. 숨 좀 고를 겸 커피 한 잔의 여유를 억지로라도 만들어볼까.

필터에 원두를 담고 물을 붓는데 문득 많이 들어본 소리가 난다. 똑… 똑… 똑…. 드리퍼에서 커피 방울이 떨어지는 소린가? 갑자기 싸해져 슬로모션으로 천장을 올려다보니 아까와는 다른 곳에서 물이 뚝뚝 떨어진다. 누수 공사 완료했다며! 손에 쥔 주전자를 내팽개치고 관리사무소로 향한다.

당신 왜 또 온 거냐는 표정으로 미세하게 뒷걸음질 치는 아까 그 직원. 그 마음 모르는 바는 아니지만 어쩐지 울컥해 서둘러 쏟아놓는다. "천장에서 물이 또 떨어지는데, 아까 공사한 분들 연락처 좀 주실래요?" 그는 그나마 감당할 만한 민원이라는 듯 검지와 중지 사이에 명함을 하나 끼워 내민다.

잠시 후 다시 방문하겠다는 누수 탐지 업체 리더와의 통화 후, 눈만 마주치면 멈칫멈칫하는 관리사무소 직원에게 말한다. "저, 선생님께 부담 드리고 싶지 않아요. 근데 이거 윗집이 물어주는 거 맞잖아요. 그런데도 소통이 잘 안 되니까 이러는 겁니다."

그는 말한다. "네, 당연히 윗집이 물어주는 건데⋯." 거기서 그쳤으면 좋았을 텐데 공용 공간은 관리 주체와 관리사무소의 소관이지만 개인 주거 공간은 주민들끼리 협의로 해결해야 한다는 이야기를 강조한다. 이미 아는 이야기라 한 귀로 흘리며 관리사무소를 빠져나온다.

잠시 후, 재방문한 누수 탐지 업체 직원들이 상황을 보더니 별일 아니라는 듯 말한다. "고여 있는 물이 빠지는 시간이 있어요. 공사를 마쳐도 이럴 수 있어요. 공사가 잘못된 건 아니고요. 며칠 더 물이 떨어질 수 있어요." 그 말에 뜨악해서 묻는다. "며칠 더요? 일주일 막 이렇게요?"

"그건 모르죠."

오늘 벌어진 사태에 대해 모두가 모르는구나. 대체 아는 사람 어디 있니. 어리벙벙해져 있는 사이 두 사람은 윗집으로 올라가 상황을 확인하고 다시 내려온다. "윗집도 살펴봤는데 깔끔해요. 공사는 잘됐고요. 지금 떨어지는 물은 고인 물이 빠지는 거라고 생각하시면 됩니다."

하지만 상황이 아직 해결되지 않았다는 허탈함에 바짓가
랑이를 잡듯 다시 묻는다. "분명 윗집 하자가 맞죠? 윗집이 보
상해줘야 하는 거죠?"

"그렇죠. 협의해서 원만하게 풀어야 하는데, 윗집이 저렇
게 나오면… 에구 참." 그 말과 함께 두 사람은 빛의 속도로 사
라진다.

딸 별일 없제? 요새 비 많이 몸 조심

네, 별일 없어요. 아빠는요?
몸은 좀 어떠세요?

인생을 선택할 수 있는가

윙윙 돌아가는 에어컨 바람에 양팔 가득 소름이 돋는다. 열어둔 현관문을 닫으니 집 안을 감싸는 적막에 숨이 막힌다. 그 자리에 잽싸게 외로움이 들어선다. 아 씨, 진짜 인생 혼자 네. 더럽게 외롭네. 분명 집에 있는데 낯선 외국에 막 떨어진 느낌. 분명 빈 몸인데 등 뒤로 무거운 사람 하나를 업은 것 같다.

버거운 문제를 맞닥뜨릴 때마다 '결국은 내가 헤쳐나가야 할 일'이라는 실감에 몸이 휘청인다. 누군가의 도움을 받더라도 다 나의 일. 내가 중심이 되어 해결하고 견뎌야 한다는 막막함은 분명 '자유'와는 다른 감각이다. 사고 친 건 내가 아닌데도 내가 해결해야 하고, 피해를 본 건 나인데 피해를 증명할 사람도 나라는 깨달음은 불쑥 삶을 외롭고 어렵게 만든다. 이럴 때마다 엄마 아빠 생각이 난다.

엄마가 딱 지금 내 나이 때, 부모님에게는 대학생 딸이 둘 있었다. 없는 살림에 가계를 굴리느라 두 분은 늘 바빴고, 식구들과 외식 한번 할 여유가 없었다.

녹록지 않은 집안 사정을 알면서도 한창 꾸미고 싶고 더 많이 놀고 싶었던 그때는 내가 누리지 못하는 것만 크게 보였다. 새 학기가 될 때마다 등록금을 마련하려고 전전긍긍하던 엄마의 그늘진 얼굴을 외면한 채, 방학이 되면 어디로 여행을 갈지만 생각했다. 부모님이 주신 용돈으로 패밀리 레스토랑에서 밥을 먹고, 브랜드 청바지를 아무렇지 않게 사 입고 다니는 친구들을 보면서 나는 왜 그럴 수 없는지를 생각했다.

늘 고단한 부모님의 인생은 당신들이 선택한 결과라 믿으면서. 애초에 더 나은 걸 골랐다면 그렇게 힘들진 않았을 텐데, 라면서. 결국 인생은 선택의 문제라고 여겼다.

하지만 과연 그런가? 우리가 선택한 인생 같지만 우리는 선택한 기억이 없다. 어찌어찌 살다 보니 여기 이렇게 당도했을 뿐이다. 그리고 모든 사람은 자신만의 최선을 다해 살아간다. 다른 사람 눈에는 '왜 저렇게밖에 못 살아?' 싶은 사람일지라도 그는 있는 힘껏 살고 있는 것이다.

마음대로 되지 않는 인생 때문에 힘들어하는 사람에게 '왜 그런 선택을 했어'라는 말만큼 폭력적이고 납작한 말이 없는 것 같다. 과연 우리 중에 인생을 선택해서 살아온 사람이 있는가. 자신도 모르게 그런 인생에 놓여버린 것 아닌가. 그걸 그 사람의 선택이 잘못된 거라고, 또는 선택을 잘했기 때문이라고 말할 수 있는가. 그렇게 말할 수 있는 사람은 자기가 신이라도 되는 줄 아나 보지?

살면서 어려움을 대할 때마다 내 나이 때의 부모님이 떠오른다. 당신들의 마음을 헤아리지 못했던 세월에 대한 반성이라도 된다는 듯이. 나는 죽었다 깨나도 엄마 아빠처럼은 못 살 것 같다. 그 감정의 절반은 패배감이고 절반은 안도감이다. 나는 혼자라는 실감 역시 그렇다. 절반은 패배감이지만 절반은 안도감이다.

씩씩대는 심정으로 식탁 앞에 앉아 있으니 휴대폰이 울린다. 강아지 유치원에서 실시간으로 보내오는 알림장이다. 졸린 눈으로 아침 8시에 등원해, 집에 무슨 일이 벌어졌는지도 모른 채 뛰놀고 있는 풋콩이의 모습을 하나하나 넘겨 보면서 잠깐이나마 웃는다. 오늘 벌어진 소용돌이 한가운데 개를 두지 않았다는 사실에 안도하며, 개가 집에 올 때면 모든 게 아무렇지 않기를 바란다. 풋콩이는 이런 거 몰라도 돼. 넌 그냥 신나게 놀다 와!

우리 개는 나를 덜 비관적으로 만든다. 개를 보면 없던 힘도 난다. 풋콩이를 향한 마음에 패배감이란 없다. 부모님도 나를 키울 때 이런 마음이었을까.

혼자 사는 여자

문득 울리는 초인종 소리에 생각이 흩어진다. 방범 패드 화면을 보니 윗집 사람들이 우르르 서 있다. 한두 명만 오면 되지 뭘 또 온 가족이 함께 온 거야. 구경났냐고요. 문을 안 열어줄 수도 없고. 내가 어떻게 사는지 보여주고 싶지 않은데.

집에 들어오는 순간 그들은 내가 혼자 산다는 걸 알게 될 거다. 구석구석 놓인 애견 용품을 보고 개도 있다는 걸 알게 되겠지. 자연스레 그들에게 나는 '혼자 살면서 개 키우는 여자'로 정의될 것이다. 그리고 그건 그다지 긍정적인 이미지가 아닐 것이다.

주거 공간이 노출된다는 것은 단순히 사생활 침해의 문제가 아니다. 재단과 편견, 그로 인해 벌어질 위험도 염두에 두어야 한다. 혼자 사는 여자들은 인터넷이 말썽일 때나 배달 음식 대면 수령, 가스 점검을 앞두고 온갖 불안을 체험한다. 현관문을 열거나 누군가를 집 안으로 들이는 순간, 어떤 일이 벌어질지 알 수 없기 때문이다.

원룸 오피스텔에 혼자 살던 시절, 인터넷 설치를 위해 남성 설치 기사가 방문한 적이 있다. 원룸인 탓에 설치가 진행되는 동안 기사와 한 장소에 머물러야 했는데, 설치 과정을 지켜보고 있기도 그래서 좁은 부엌에서 식기를 정리했다. 어차피 부엌도 원룸 내에 있어서 서로 보일 수밖에 없는 구조였지만.

아무리 시간을 들여 그릇을 정리해도 설치는 끝나지 않

왔다. 이사 때마다 한두 번 설치해본 것도 아닌데 시간이 걸려도 너무 걸렸다. 그렇다고 일하는 사람에게 언제 끝나냐고 재촉할 수도 없었다.

그런데 높이 있는 찬장 정리를 마치고 의자에서 내려오다가 무심코 설치 기사를 봤는데, 그는 작업은 하는 둥 마는 둥 하며 내 다리를 쳐다보고 있었다. 순간 싸함이 등줄기를 갈랐다. 치마를 입고 있던 다리에 소름이 돋았지만 둘만 있는 공간에서 크게 반응하기도 그래서 모른 척 고개를 돌려 하던 일을 계속했다. 그는 결국 두 시간이나 걸려 설치를 하고는 떠났다.

그리고 며칠 후부터 그에게 전화가 걸려 왔다. 인터넷이 잘 되고 있냐는 전화. 며칠 뒤엔 IPTV에 대해 설명해주겠다는 전화가 왔다. 내가 무슨 VIP 고객도 아닌데. 전화기 너머의 목소리는 묘하게 음침했고 이상하게 떨렸다.

이건 분명 일반적인 전화가 아니라는 걸 감지하고, 문의 사항이 생기면 고객센터에 직접 연락할 테니 더 이상 전화하지 않아도 된다고 싸늘하게 말했다.

그러고 나서도 행여나 다시 전화할까 봐, 집으로 찾아올까 봐 덜덜 떨었다. 그는 이미 우리 집 주소와 전화번호, 내 얼굴까지 알고 있지 않은가. 다행히 별일은 일어나지 않았지만 그날 이후 집에 모르는 사람이 방문하기 전에는 긴 옷부터 챙겨 입는다.

몇 해 전 인터넷 커뮤니티에 '택배 수령용 쎄 보이는 이름'
이라는 게시물이 화제가 된 적이 있다. 혼자 살거나 여성들끼
리 사는 경우, 위험한 일로부터 보호하기 위한 택배 수령용 가
명을 소개하는 내용이었다. 곽두팔, 탁귀필, 용덕출, 박격포
등 언뜻 보기만 해도 간담이 서늘해지는 이름이 나열된 게시
물을 아무런 거리낌 없이 넘긴 여성이 얼마나 될까. 혹시 모를
위험을 피하기 위해 다른 이름이 필요한 여성들에겐 그 게시
물이 하나도 웃기지 않았다.

당시 지인에게 이 이야기를 건네니 그게 다가 아니라는
말을 들었다. 비대면 배송이 흔해진 요즘은 현관문 앞에 택배
상자가 쌓여 있기 마련인데, 통행하면서 다른 집 앞 택배 상자
를 보는 사람들이 의외로 많다고 했다. 그는 말했다. "센 이름
이 쓰여 있는 박스를 일부러 일정 시간 밖에 두는 거죠. 그런
이름을 가진 사람이 여기 산다는 걸 사람들이 볼 수 있게요."
이제껏 누가 볼세라 택배가 도착하자마자 집으로 들여놓던
나로서는 생경한 정보였다.

그는 벙쪄 있는 내게 또 다른 이야기를 전해주었다. "이사
할 때요, 혼자 사는 여자라는 걸 밝히지 않는 게 좋다고 하
잖아요. 가장 빠른 게 부동산 사람들한테 말하는 거래요. 혼
자 살아도 남동생이랑 산다고 하거나, 남편이 있는데 주말에
만 온다고 하거나, 나 말고 다른 사람이 이 집에 있다는 것을

은연중에 알리는 거죠. 그러면 동네에 자연스레 소문이 난대요. 아, 그 집? 주말부부가 사는 집이야, 이렇게요."

혼자 사는 집이 더 깔끔할 거라는 편견(!) 때문에, 부동산 거래가 빨라질 것 같아 싱글임을 강조해왔던 나에게 경종을 울리는 정보였다. 이제라도 없는 동거인을 만들어놔야 하나. 옷도 챙겨 입어야 되고 가명도 지어야 하고 거짓말도 해야 하고, 혼자 사는 여자들은 뭐 이렇게 할 게 많냐.

문을 여니 윗집 가족들이 집 안으로 들어온다. 천장을 살피고, 젖은 벽지를 뚫어지게 보고, 천장 구석에 생긴, 곰팡이를 닮은 검은 얼룩을 들여다본다. 마치 그 옛날 〈TV 진품명품〉에 나온 판정단처럼 근엄하고 진지하게, 중간중간 귓속말까지 주고받으며 살피고 또 살핀다.

잠시 후 그들은 한 마디를 남기며 문밖으로 나간다. "잘 보고 가요."

잘… 보고… 가요? **지금 집 보러 왔어요?!** 목 아래에서 거센 항의가 치고 올라오는 걸 눌러 삼킨다. 대신 그들의 등에 대고 외친다. "빨리 해결해주세요." 그러자 그들은 연락하겠다는 말과 함께 자리를 뜬다.

예로부터 연락하겠다는 사람치고 연락하는 사람 못 봤다. 나는 꽉 막힌 스타일이라 '언제 밥 한번 먹자'는 인사치레에도 언제 밥을 먹을지 기다리는 타입이다. 아무렇지 않게 던지는 누군가의 말을 진심으로 받아들이고 다이어리에 표시까지 해놓고 기다린다. 그냥 하는 말이라고는 모른다. '연락 안 줄 거면 연락 준다고 말 안 하는 게 맞잖아요. 연락 준다고 했으면 연락을 줘야 되잖아요.'

나의 이런 성향에 가장 많이 다치는 건 나다. 살다 보면 빈말도 필요하고, 선의의 거짓말도 할 줄 알아야 한다. 삶은 약간의 불순물 없는 순수함과 함께 비열한 거짓말, 머리 굴림, 질투와 반목, 칼로 물 베듯 회복되는 인간관계로 이루어져 있을 텐데. 여전히 '나는 그럴 줄 모르는 사람'이라고 주장하고 있는 나는 남다른 인간인가 답답한 인간인가. 삶을 도무지 편안하게 굴리지 못하는 걸 보면 후자에 가까운 것 같다.

하지만 이번에도 이웃의 '연락할게요'를 믿어보기로 한다. 천장에서 떨어지는 물방울을 애써 못 본 척하면서.

4부 일주일 뒤

여성은 무해하다는 착각

일주일째 윗집에서는 아무런 연락이 없다. 누수는 멎었지만 물기가 마른 벽지에는 울퉁불퉁 균열이 생겼다. 벽지 안은 어떤 몰골일지 알 수가 없다. 곰팡이처럼 보이는 검은 얼룩도 그대로다.

일주일 동안 공고히 쌓아 올린 나의 지옥은 웅장한 요새가 됐다. 그 안에 틀어박혀 매일같이 고민한다. 윗집 누수 공사를 완료했고, 젖은 부위는 대강 말랐고, 겉으로 큰 문제는 없어 보이니 그냥 지낼까. 도배를 새로 한다면 거실 벽지 전부를 뜯어내는 대공사가 될 텐데, 그건 나 역시 바라는 바가 아니다.

하지만 그냥 사는 게 맞나. 피해 사실을 확인하고도 사과 한마디 없는 사람들을 그러려니 할 수는 없을 것 같다. 그 와중에 뿅 하고 올라오는 생각들. 내가 너무 예민한가? 괜히 문제를 키우나? 아니지! 문제는 내가 키운 게 아니지!

그리고 뒤따라오는 의문들. 내가 지금 '여혐'을 하고 있나? 윗집 여자의 행동을 '그가 여자라서' 더 받아들이지 못하고 있는 건 아닌가.

몇 년 전부터 주변에 남자들이 줄었다. 연애하거나 남자들의 관심을 받을 때에야 비로소 존재감을 실감하던 20~30대를 지나고 나서 느낀 건, 존재감이란 그렇게 실감하는 게 아니라는 뼈아픈 진실이다. 나라는 사람의 존재감은 누군가에 의해 정의되거나 실감할 수 있는 것이 아니다. 아니, 애초에 존재감이라는 게 뭔데? 여기 이렇게 존재하고 있는데, 존재한다는 감각이 왜 그리 중요한데?

그러다 보니 연애와 멀어졌고, 내게 불편함을 안겨주는 사람들과도 하나둘 거리를 뒀더니 결과적으로 곁에 남자들이 남지 않았다.

빈자리는 여성들이 채웠다. 나와 말이 통하는 사람, 척하면 척 캐치하는 사람, 긴말하지 않아도 든든하게 느껴지는 동지라는 감각. 마치 새로운 세계에 발을 들여놓는 기분이었다. 여성들 사이에 있으면 안전하고 편안했다.

그러는 동안 나도 모르게 커진 것은 여성에 대한 환상이다. 여성은 좋은 사람. 상식이 통하는 사람. 타인에게 상처 주지 않는 사람. 무엇보다 무해한 사람. 이 환상을 현실이라 믿고 나 역시 그런 여성이 되길 원했다. 여성들에게 더욱 관대해졌고, 여성들만 신뢰했다.

그러다 불쑥 나를 힘들게 하는 여성을 맞닥뜨릴 때마다 낯선 감정에 사로잡혔다. 여성은 무해한 존재인데 이 사람은 왜 그러지? 그러는 동안 퍼져가는 생각은, 우리 사이에 오해가 있나? 혹은 이 사람은 무해한 존재가 맞는데 내가 제대로 보지 못하는 건가? **혹시 내가 여성 혐오를 하나?**

여성을 아끼는 마음이 100퍼센트 순수하고 고귀할 수 없는 이유가 여기에 있다. 우리는 여성을 존중하다 못해 숭배하면서 그들에게 완벽함을 기대한다. 실수나 단점 따위 없는, 완전무결한 사람으로 여긴다. 그래서 같은 행동을 남성이 했을 때는 '그럴 줄 알았다'고 반응하면서도 여성이 했을 때는 더 크게 충격받고 상처가 오래간다. 이게 맞나. 과연 이게 여성을 존중하는 방식인가.

윗집 사람은 여자라서 그런 행동을 하는 사람이 아닐 것이다. 하지만 여전히 여성에 대해 환상을 품고 있는 나는 그의 행동을 단순하게 받아들이지 못하고 최대한 분석하려 애쓴다. 여성을 존중한다는 이유로 그들의 결점을 받아들이지 못하면서, 같은 여성인 나의 결점 역시 받아들이지 못한다. 여성인 우리는 무해해야 해요. 서로 잘 지내야 해요. 싸움은 안 돼요. 나는 동화의 세계에 살고 있는 건가.

어쩌면 나는 그를 이해하는 것으로 나를 이해하고 싶은 건지도 모른다. 그럼으로써 이제껏 공고히 쌓아 올린 여성에 대한 신화에 먹칠하고 싶지 않은 것이다. 나 역시 사회가 바라는 완벽한 여성이 되기를 기대하면서.

대체 여성이란 어떤 존재여야 하는가. 이 의문은 내 생각을 처음으로 되돌린다. 여성은 아무런 존재가 아니어도 된다. 단지 존재하기만 하면 된다. 왜냐하면 존재하는 일 자체가 쉽지 않기 때문이다.

생애 두 번째 내용증명

생각이 거듭되니 화만 쌓일 뿐 뭘 하면 좋을지 판단이 서지 않는다. 그래도 법적으로 해결하는 게 맞겠지? 내용증명이라도 써둘까.

몇 년 전, 책의 인세 정산이 제대로 이루어지지 않고 있다는 직감이 왔다. 그런 직감은 어느 날 갑자기 찾아오는데 대부분 맞는다. 출간 후 활발히 팔린 책이 아니라서 딱히 할 말은 없었지만, 책을 내고 나서 인세를 한 번도 받지 못했다는 건 이해가 가지 않았다. 인터넷 서점에 검색해보니 몇 년 전에 출간된 책임에도 여전히 판매 중이었다.

당시 함께 작업한(이미 퇴사한) 편집자에게 물어보았더니 비슷한 의문을 표했다. "그 책이 그렇게 안 팔리지는 않았을 텐데요." 그 말에 몸 안쪽이 서서히 차가워지면서 시간이 더 지나기 전에 해결해야 할 것 같았다. 함께 일한 편집자들은 이미 다 퇴사하고, 아는 사람 중에는 대표만 남았다. 어쩔 수 없이 그에게 연락을 했다.

일한 것에 대한 보수를 요구하는 사람이 죄인이 되는 분위기를 알고 있는가. 분명 열심히 일해서 결과물을 내놓았음에도 돈을 달라는 말을 하는 순간 쪼잔하거나 돈만 밝히는 사람, 예의를 모르는 사람이 된다. 그리고 영락없이 '을'이 된다. 대한민국에서 돈이 필요한 사람은 늘 을이다. 반면 돈을 쥐고 있는 사람은 늘 갑이고. 갑질은 결국 돈질 아니던가.

일단은 정중하게 메일을 보냈다. 며칠 후, 인세 정산 내역을 메일로 보낼 테니 기다려달라는 회신이 왔다. 하염없이 기다려도 메일은 오지 않아서 전화를 걸었다. 직원들이 빠져서 많은 일을 감당하느라 경황이 없으니 조금만 더 기다려달라는 말을 들었다. 기다려달라는 말을 계속하는 사람 앞에서 할 수 있는 말은 딱히 없다. "못 기다려요!"라고 말하고 나서도 기다려야 하고, "알겠습니다"라고 말하고도 기다려야 한다. 기다려야 하는 사람은 기다리는 것밖에 할 게 없다.

하지만 한참을 기다려도 소식이 없어서 단호하게 문자메시지를 보냈다. 내용증명을 보낼 테니 등기 우편물 받을 주소를 알려달라고. 그랬더니 그는 순순히 주소를 알려주었다. 내용증명 따위 크리스마스카드쯤으로 생각하는 모양이었다.

하지만 내용증명을 보내고 나서도 정산은 이루어지지 않았다. 이후 기나긴 시간이 흘렀고 여러 번의 전화 통화로 분노를 표출하고 나서야 밀린 인세가 입금되었다. 통장에 찍힌 숫자를 보고 있자니 내가 이걸 받기 위해서 그만큼의 에너지를 썼나 싶어 자괴감이 몰려왔다. 그러나 진짜 자괴감은 이걸 받기 전엔 그 돈마저도 없었다는 현실이었다.

어렸을 때부터 글 쓰는 것을 좋아했고 막연하게나마 작가가 되고 싶다고 생각했기에 나는 꿈을 이룬 사람이다. 하지만 이 일을 하면 할수록 '글 쓰며 사는 삶'이란 멋모르는 내가 머리로만 그린 꿈일지도 모른다는 생각이 든다. 현실에 흐린 눈을 한 채 붙들고만 있는 건 아닐까. 하루라도 빨리 때려치우는 게 답일까.

쓰는 삶은 나를 짧은 시간 들뜨게 하는 반면, 긴 시간을 비참하게 만든다. 쓰지 못해서, 써지지 않아서, 쓰고 나서도 먹고살기가 까마득해 틈만 나면 불안에 사로잡힌다. 그럼에도 다른 일을 할 엄두는 나지 않고, 딱히 잘하는 것도 없어서 그저 허벅지를 주먹질하며 책상 앞에 앉는다. 이게 답이 아니라는 건 알아. 그렇지만 이것밖에 없잖아. 그렇게 꾸역꾸역 글을 써도 제때 원고료나 인세를 받지 못할 때가 있다. 어쩌면 나는 밀린 돈을 받기 위해 이제껏 일해온 걸지도 모른다.

하지만 그때의 경험을 통해 내용증명은 비록 법적인 효력은 없지만 경고장의 효과는 있어서, 일종의 선전포고로 활용할 수 있다는 걸 알게 됐다. 물론 수신인이 이를 어떻게 받아들이느냐에 따라 다르다. 내용증명이 통하는 사람이 있고 전혀 먹히지 않는 사람이 있다. 윗집 사람들은 어떨지. 일단 써보자.

인터넷 검색을 통해 내용증명 예시들을 살펴보고 있으니 친구가 카톡을 보내온다. 이제껏 내가 살펴본 것들보다 훨씬 간결하면서도 무게감이 느껴지는 내용증명 샘플을 보내주는 친구. 아, 고맙네. 힘들 때 즉각적으로 도와주는 친구가 일류

다. 오랜만에 책상 앞에 앉아 노트북을 열고 한 자 한 자 눌러 쓴다.

잠을 아껴가며 몇 차례에 걸쳐 퇴고하면서 혹시 빠진 내용은 없는지, 지나치게 감정적으로 보이지는 않는지, 오타나 비문은 없는지, 여전히 아름다운지 살피고 또 살핀다.

그 후, 며칠에 걸쳐 나는 두 장짜리 내용증명을 붙들고 앉아 10교(원고 전체를 한 번 교정하는 것을 1교라고 한다)까지 보기에 이른다. 근래 이렇게 글을 열심히 쓴 적이 있었나. 어떤 원고보다 공들여 자료를 찾고, 문장을 고치고, 오류 0퍼센트에 도전하는 작품을(!) 완성하기 위해 고군분투하는 동안 황당하게도 글쓰기의 즐거움을 경험한다.

그래, 나는 누군가를 설득하기 위해 애쓰고 있어! 원하는 것을 쟁취하기 위해 최선을 다하고 있어! 나도 이제 글, 쓸 수 있어!

안녕하세요, 김영수 과장님.
비 오는 오후, 편안히 보내고
계신가요? 다름이 아니고,
계약서에 명시된 원고료 지급일이
일주일 전이었는데 아직
입금되지 않아 문자 드립니다.
이 부분 확인 부탁드립니다.
감사합니다. 김신회 드림.

1

다시 쓸 수 있을까

1969년에 첫 소설을 낸 후 40여 권의 책을 출간해온 스웨덴 작가 테오도르 칼리파티데스는 77세 때, 더는 글을 쓸 수 없다는 걸 직감한다. 작가로서 소진되었음을 깨닫고 매일 이어온 원고 작업 대신 온갖 답 없는 생각에만 사로잡힌다. 그가 쓴 《다시 쓸 수 있을까》는 그 고민의 시간을 담은 책이다. 제목만 듣고도 읽지 않곤 못 배길 것 같아 서둘러 주문했다.

팬데믹이 나에게 불러온 가장 큰 변화는 글을 못(안) 쓰게 됐다는 거다. 그동안 써질 때보다 안 써질 때가 많았기에 그러려니 하려 해도 쉽지 않았다. 매일 집에만 있다 보니 딱히 쓸 이야기가 없다는 짠 내 나는 이유도 있었지만 진짜 이유는 따로 있었다. 사람들이 책을 읽지 않는다는 사실이다.

대한출판문화협회가 펴낸 《2022 한국출판연감》에 따르면 2021년에 발행된 책은 약 6만 4000여 종. 여기에 독립출판물까지 합하면 한 해에 적어도 7만 권의 책이 시장으로 쏟아졌다. 이는 하루에 약 200권의 새 책이 출간되었다는 뜻. 하지만 이 중 베스트셀러로 꼽히는 책은 1년에 100권이 채 되지 않는다. 그조차 예전의 스테디셀러, 즉 중박 수준의 판매량을 보인다.

대부분의 책이 1쇄(약 1000부)도 소진하지 못하고, 창고에 재고로 쌓이는 업계 분위기 속에 전업 작가로서의 앞날이 암담했지만, 대외적으로 미미하게나마 알려진 탓에 힘들다는 말을 대놓고 할 수도 없었다.

　책 판매 인세로 먹고사는 나지만 몇 년간의 주 수입원은 인세가 아니었다. 책을 팔아서는 먹고살기는커녕 이 직업을 계속해나갈 수조차 없다. 1년에 한 권씩 출간해도 말 그대로 '인세는 거들 뿐' 강연이나 글쓰기 수업 없이는 생계가 불가능해진 지 꽤 됐다. 하지만 꾸준히 새 책을 발표하지 않으면 그마저도 끊겼다. 어느 정도 책이 알려지고 쉼 없이 책을 내는, 이른바 '잊혀지지 않은 작가'여야 행사도 제안받는다.

　쓰지 않으면서 상황 탓만 할 수는 없을 것 같아 새로운 직업을 탐색해보기도 했다. 하지만 배운 게 도둑질이라고, 나는 다시 돌아왔다. 그래도 이 길밖에 없지 싶어 책상 앞에 앉으면 회의적인 생각이 꼬리를 물었다. 이걸 쓰면 누가 읽을까? 그런데도 써야 할까? 이럴 때는 어떤 글을 쓰는 게 맞을까?

　오랜만에 대형 서점에 갔다. 서서 책을 보는 사람은 많았지만 정작 계산대는 비어 있었다. 사람들이 어떤 책을 들고 읽는지 살펴보는데, 한 대화가 귀에 들어왔다.

　"책 안 사?"

　"너무 비싸. 그냥 빌려 볼래."

　몇 년 전부터 책값이 비싸다는 이야기를 부쩍 자주 듣는다. 실제로는 종잇값, 인쇄 비용, 인건비 등 전체적인 물가 상승률에 비해 책값은 크게 오르지 않았는데도 '책이 비싸서 못 사겠다'는 말은 유난히 많은 공감을 얻는다. 그 때문인지 책을 즐겨 읽는 사람들도 사서 읽기보다 빌려서 읽는 추세다.

SNS에 올라오는 책 리뷰를 봐도 예전에는 책 자체가 돋보이는 게시물이 많았다면, 요즘은 바코드를 가리고 올린 도서관 책 사진이 많이 보인다. 몇 년 전만 해도 강연이나 북토크를 하면 사인을 받기 위해 책을 들고 오는 독자들이 많았는데 이제는 빈 종이나 수첩을 내미는 사람들이 늘었다. 웃으며 사인하면서도 연예인도, 유명인도 아닌 나 같은 사람의 사인 종이가 어떤 의미가 있을까 싶다.

독자들이 도서관에서 아무리 책을 열심히 빌려 읽어도 작가에게는 10원 한 푼 돌아가지 않는다. 중고 서점에서 책이 팔려도 작가가 받는 건 아무것도 없다. 좋아하는 작가의 책을 계속 읽고 싶다면, 서점에서 책을 사는 사람이 많아야 한다. 그렇게 모인 돈으로 출판사는 다른 책을 만들고 출판 시장이 돌아간다.

하지만 응원하는 작가의 책도 사지 않는 사람이 생각보다 많다. 나의 팬이라고 말하면서도, 내 책을 사서 읽지 않는 사람들이 많다. 아는 사람 중에도 있다.

아이러니한 사실은 독서 인구는 점점 줄어드는 데 반해 글쓰기 인구는 나날이 증가한다는 것. 읽고 싶은 책이 없어서 직접 쓰고 싶은 걸까. 표현의 수단으로써 이른바 '가성비 좋은' 글쓰기가 각광받는 걸까. 쓰기라는 본업을 잠시 미뤄두고도 입에 풀칠할 수 있었던 건 글쓰기 수업과 강연 덕이라는 걸 알면서도 심경은 묘했다. 나는 정작 못 쓰고 있는데, 다른 사람이 쓴 글에 피드백을 하고 있다니. 다른 직업을 갖고 있으면서도 직업 작가인 나보다 열 배는 성실하게 원고를 쓰고, 마감 시간에 맞춰 꼬박꼬박 글을 보내오는 수강생들을 대할 때마다 마음이 복잡했다. 그러면서도 쓰고 싶다는 마음이 들지 않는 내가 신기했다. 쓰는 사람이라는 자의식은 나날이 희박해졌다.

하지만 글을 쓸 때보다 쓰지 않을 때 더 괴로운 사람이 작가다. 매일 개를 쓰다듬으면서, 수강생들의 원고를 살피면서 겉으로는 평화로운 생활을 이어갔지만 하루에도 몇 번씩 공허함이 찾아왔다. 그건 30대의 나를 지배했던 '아무것도 생산하지 않음'에 대한 자책과는 달랐다.

매일 열심히 할 수는 없다. 성과를 내지 못할 때도 있다. 하지만 열심히 하지 못하고, 성과를 내지 못하더라도 글을 놓고 있다는 자각은 생각보다 나를 더 작아지게 했다. 나의 가장 큰 정체성은 글을 쓰는 사람인데 글을 쓰지 않고 있다니. 대체 나는 뭐 하는 사람인가. 글쓰기 선생님인가, 개 보는 사람인가, 아니면 한량인가.

일흔 후반을 맞은 아빠는 말씀하셨다. "오래 사는 게 뭐가 좋노. 사는 게 낙이 없다. 그렇다고 죽을 수도 없고." 매일 어영부영 하루를 날려버려도 밤은 왔기에 자려고 누우면 머릿속에 똑같은 말이 떠다녔다. 사는 게 재미없다. 그렇다고 죽을 수도 없고.

글에 거리를 두면 분위기가 환기되고 새로운 돌파구를 찾을 수 있을 것 같았지만 오히려 글과 더 멀어졌다. 간단한 메모나 일기조차 쓰기 귀찮아져 늘 붙들고 살던 수첩에 빈칸이 남아돌았고, '복사+붙여넣기' 같은 하루를 반복하다 보니 평생 이렇게 살 수도 있을 것 같았다. 한 동료 작가는 무기력을 호소하는 나를 독려하며 말했다. "이미 은퇴한 사람처럼 살 순 없잖아요." 저, 이미 그렇게 산 지 꽤 됐는데요….

어디 가서 말한 적은 없지만 나는 알았다. 내가 글을 쓰지 못하는, 아니 쓰지 않는 이유를. 나는 내 책이 안 팔릴까 봐 무서웠다. 매년 꾸역꾸역 내고는 있는데 이만큼 팔리는 게 맞는 건지 암담했다.

생계에 대해서는 태평한 데가 있어서 어떻게든 밥은 먹고 살겠지 하고 믿었지만 쪽팔린 건 다른 문제였다. 혈기왕성하게 신작을 발표하는 작가들을 볼 때마다 부러움과 시기심 대신 체념이 몰려왔다. 창가에 서서 붉게 타는 노을을 보며 '하루 다 갔네…' 중얼거리는 뒷방 노인이 된 것 같았다.

요즘 인기 있다는 에세이를 읽어봐도 소구 포인트가 뭔지 알 수 없었다. 그래서 더 답답했다. 어느새 뭐가 재미있는지 재미없는지도 모를 만큼 감이 떨어진 건가. 사람들이 좋아하는 것을 좋아하지 않는 나의 취향은 예로부터 이어져왔음에도 갑자기 초조해졌다.

점점 책 읽는 일도 편치 않았다. 책을 펼쳐도 계속 같은 페이지를 맴돌았고, 문장에 집중이 되지 않아 금세 내팽개치고 유튜브만 들여다봤다. 사람들이 책을 읽지 않는다고 토로했지만 나조차 책을 안 읽었다. 비로소 시대에 발맞추게 되었다고나 할까.

하루는 강연을 준비하느라 내가 쓴 책을 몇 권 다시 읽어야 했다. 그런데 모든 문장이 낯설었다. 이 글을 내가 썼다고? 대체 언제? 처음 보는 글인데? 마치 다른 사람의 책을 읽는 것 같았다. 이런 걸 자아분열이라고 하나? 아니면 인지부조화? 마치 시공간이 초월한 듯 생경한 느낌이었다. 하지만 이내 빠져들었다. 한 장 한 장 넘길수록 활자에 갈급해져 금세 두어 권을 완독했다. 음… 재밌는데? 잘 썼는데…?

TV 코미디 프로그램에서 작가로 일할 때 보면, 코미디언들은 본인이 많이 나오는 회차를 제일 재미있는 방송으로 꼽곤 했다. 그때는 '도대체 그 자신감은 뭔데'라고 생각했는데 어느새 나도 그렇게 된 건가. 이제는 고인이 된 미국의 극작가 로

레인 핸스버리는 이렇게 말했다지. "충분히 오만해야만 스스로 예술가라 여길 수 있다"고.

나는 내가 쓴 책이 제일 재미있다. 읽고 싶은 책을 쓰기 때문이다. 하지만 내가 책을 내지 않으니 읽고 싶은 책이 별로 없다. 그래서 점점 책 읽기에 관심이 멀어졌다. 나는 글 쓸 때 더 많은 글을 읽고, 책을 준비할 때 더 많은 책을 읽는다. 책을 내야 다른 책들에도 관심이 생긴다. 그렇게 내 안의 작가와 독자는 함께 움직인다. 작가로서 미동도 하지 않는 나는, 독자로서도 웅크려 있다.

"그냥 언니 이야기를 써보는 거 어때?"

갈피를 잡지 못해 허우적대고 있는 내게 친구가 말했다. 내가 요즘 보고, 생각하고, 고민하고, 살아가는 이야기를 써보라는 제안이었다. "그냥 언니라는 존재에 대해 써보는 거지. 그냥 언니가 사는 모습들. 그런 책, 나 필요하거든."

생각해보겠다고 대답하고 나서도 다른 이야기들에 골몰했다. 쓰고 싶은 이야기가 아닌 써야 할 것 같은 소재들을 떠올렸다. 이런 이야기를 쓰면 읽을까? 팔릴까? 누가 써야 한다고 등 떠민 것도 아닌데 무언가를 납품해야 하는 사람처럼 글을 대했다. 전업 작가는 어쩔 수 없다.

책을 쓴다는 것은 독자를 의식하는 일이다. 내 글을 상품으로 여기고 기획부터 원고, 책 만듦새까지 생각해야 한다. 인터넷 서점에 내 이름을 치면 프로필란 아래에 이렇게 뜬다. '김신회의 대표 상품'. 그 아래엔 내가 쓴 책들이 표시된다.

책도 상품이고, 상품은 팔려야 하기에 나는 늘 소비자인 독자를 신경 썼다. 그래서 말이 되는 책만 쓰려고 했다. 납득되는 책, 뜬구름 잡는 이야기를 늘어놓지 않는 책, 기저에는 독자들이 선택해 구입으로 이어지는 책을 써야 한다는 대명제가 있었다.

그를 위해서는 보다 쉬운 단어와 친절한 문장을 골라 무리 없이 전달되는 이야기를 쓰는 게 중요했다. 누군가에게 상처 주지 않는 글. 그로 인해 나도 (판매량으로부터, 독자 리뷰로부터) 상처받지 않는 글. 대중 작가로서 여전히 그런 글을 지향하지만 작가가 바람직한 글만 쓸 수는 없다.

답 없는 시간을 이어간 지 어느새 2년 반. 다시금 친구의 말이 떠오른다. 지금, 나의 이야기를 써보라는 제안. 그 이야기가 누군가에게 필요한 이야기일 수 있다는 말. 어쩌면 그건 지금의 나에게도 가장 필요한 일인지도 모른다.

그런 의미에서 내용증명이라도 열심히 써보자. 이것마저 안 하면 다시 '못 쓰겠다 지옥'에 갇혀버릴 것이다. 이번만큼은 뭐라도 쓰는 일상을 회복하는 것이 목표다. 그러니 일단 호소문이라도 열심히 쓰자.

　어쩌면 이 내용증명이 이 질문에 대한 답이 될지도 모른다. **내가 다시 쓸 수 있을까?**

내용증명

수신인 : ▓▓▓
주　소 : 경기도 ▓▓시 ▓▓구 ▓▓로 ▓▓길, ▓▓동 ▓▓호

발신인 : 김신회
주　소 : 경기도 ▓▓시 ▓▓구 ▓▓로 ▓▓길, ▓▓동 ▓▓호

제목 : 누수 피해보상 요청 통보서

내용

1. 귀하의 무궁한 발전을 기원합니다.
2. 본인은 ▓▓▓▓년 ▓월 ▓일~▓일에 걸쳐 귀댁에서 발생한 누수로 인해 본인의 거주
   지(▓▓동 ▓▓호)에 누수 피해를 보았습니다. 하지만 ▓▓▓▓년 ▓월 ▓일, 귀하가
   직접 피해 사실을 확인한 이후에도 현재까지 피해 보상은 물론 어떠한 언급
   이나 연락도 받지 못하였기에 합의점에 도달하기 위한 내용증명을 보냅니다.
3. ▓▓▓▓▓▓ ▓▓ ▓▓ 밤부터 본인의 집 거실 천장 여러 부위에서 ▓▓▓ ▓▓▓▓▓ 시
   작했습니다. 이를 통해 그동안 ▓▓▓▓ ▓▓▓ ▓ ▓ ▓▓▓ ▓▓▓▓ ▓▓▓▓▓ 반
   복되어왔음이 발견되었습니다. ▓▓▓ ▓▓▓▓ ▓▓▓▓ ▓▓▓▓▓▓지 않아 ▓▓▓▓
   ▓▓▓▓가 예상됩니다.
4. ▓▓▓▓ ▓▓ ▓▓ ▓▓, ▓▓▓▓ ▓▓ ▓▓▓ ▓▓▓▓▓▓▓ ▓▓▓ ▓▓▓▓ ▓▓▓ ▓
   ▓▓ ▓▓▓ ▓▓▓ ▓▓ ▓▓▓▓ ▓▓▓▓▓▓▓.
5. ▓▓▓▓ ▓▓▓ ▓▓▓▓ ▓▓ ▓▓▓▓ ▓▓▓▓ ▓▓▓ ▓▓▓▓ ▓▓▓▓ ▓▓▓ ▓▓▓
   ▓▓▓ ▓ ▓▓▓▓ ▓▓▓▓▓▓▓▓▓. ▓▓▓▓ ▓▓ ▓▓▓▓ ▓ ▓▓▓▓ ▓▓ ▓▓▓
   ▓▓▓.
6. ▓▓▓▓ ▓▓, ▓▓▓▓ ▓▓▓ ▓▓▓ ▓▓▓▓▓▓▓▓▓, ▓▓▓▓▓ ▓▓▓ ▓▓▓ ▓▓▓

7. ██

8. ██

9. 귀하에게 본 내용증명 수령 후 일주일 이내에 답변을 요청하며, 누수 피해 발생 한 달이 경과한 시점인 ███ 이행을 요청합니다. 혹은 본인이 직접 원상복구하는 경우, 추후 ████████████████████████에 입금 이행을 요청합니다.

10. 합의 및 문제 해결에 이르지 않을 시 경제적, 정신적 피해 보상에 대한 법원 소제기를 진행할 것임을 알립니다.

11. 법정 단계로 돌입할 경우 변호인 선임비, 법원 감정비 등의 비용 일체는 귀하의 부담이 될 수 있습니다.

12. 민법 제758조 (공작물 들의 점유자, 소유자의 책임) 제1항에 따르면 공작물의 설치 또는 하자로 인하여 타인에게 손해를 가한 때에는 공작물 점유자가 손해를 배상할 책임이 있다고 명시되어 있습니다. 본인은 귀댁의 누수로 인해 피해를 입었고, 공동주택의 세대 내 누수 피해에 대한 보상의 의무는 공작물 점유자(소유자)에게 있는 만큼 귀하에게는 보상해야 할 책임이 있습니다. 본인은 피해 범위 내에서 합리적인 보상을 요청하오니 조속히 해결되기를 바랍니다.

████년 █월 ██일

김신회

본명지옥

10교 끝에 탄생한 내용증명 최종고를 보내러 우체국에 가야 하는데 비가 내린다. 장마, 아직도냐?

집에 다시 습기가 차기 시작한다. 내용증명에 집중하느라 잠시 잠잠했던 마음이 들썩인다. 애써 말려놓은 천장 벽지가 걱정돼 짬 날 때마다 천장을 올려다본다. 곰팡이라도 번지면 큰일인데. 그래도 일단 나가보자. 뭉그적대다 시간만 간다.

집을 나서자마자 빗방울이 굵어지더니 금세 작은 우산이 버티지 못할 만큼 쏟아붓는다. 아까 체크한 뉴스에 의하면 오늘 내린 폭우로 대한민국 수도권, 특히 강남 일대가 침수 중이라고 한다. 올여름은 날씨도 각박하네. 애써 쓴 내용증명이 젖을세라 한 손엔 우산, 한 손엔 황토색 서류 봉투를 꽉 쥐고 휘청휘청 걷는다.

창구에 도착해 비장하게 내민 서류 세 장*을 확인하던 직원이 묻는다. "수신인과 발신인 성명이 없네요?"

내용증명은 수신자의 본명 없이도 보낼 수 있다고 (네티즌들이 말)했는데 아닌 건가. 아무 소용 없는 말을 우물쭈물 늘어놓으니 창구 직원이 서류를 돌려준다. "이름이 없으면 접수 자체가 되지 않아요." 아, 네티즌들 일 제대로 안 하냐!

아니, 대체 이름을 어떻게 알아내냐고. 전화해서 내용증

---

* 내용증명은 같은 서류를 발신인, 수신인, 우체국이 각각 한 통씩 보관한다. 접수를 하려면 똑같은 서류를 세 통 인쇄해 가야 한다.

명을 보낼 테니 이름 좀 알려달라고 할 순 없잖아? 우편함을 몰래 뒤져야 하나? 근데 우편물이 하나도 없으면? 아니, 그러다 누구한테 걸리면? 생각이 꼬리를 물자 괜히 주변을 두리번거리게 된다. 찜찜한 계획을 세우고 있는 나를 누가 지켜보고 있을 것만 같다. 이미 내 영혼은 그 집 우편함을 뒤지고 있다.

접수를 반려했음에도 안 가고 서 있는 나를 우체국 직원은 신경 안 쓰는 척하면서 신경 쓰고 있다. 곧이어 울린 다음 번호에 한 중년 남성이 묵직한 택배 박스를 접수대 위 저울에 툭 내려놓는다. 누가 봐도 비키라는 뜻. 예, 갑니다. 쭈뼛쭈뼛 봉투를 챙겨 등을 돌린다.

우체국 출입문을 나오니 폭우는 한층 더 거세져 있다. 일단 서류 봉투부터 품에 감쌌지만, 어디로 가야 하죠, 아저씨. 하지만 이대로 돌아갈 순 없다. 그냥 집에 간다면 나는 금세 '다 필요 없다' 모드가 되어 소파에 누워버리겠지. 천장이 가장 잘 보이는 곳에 드러누워 물이 또 떨어지지는 않을지 지켜보며 화병을 키우겠지. 그것만은 안 된다. 집 말고 갈 데를 찾아야 한다.

문득 주민센터가 생각난다. 예로부터 대한민국 국민으로서 뗄 수 있는 대부분의 증명서는 주민센터에 가보라고 배웠다. 그래, 거기에 가면 뭔가가 있을지도 몰라.

하염없이 들이붓는 비에 휘청거리며 주민센터에 도착하

니, 무슨 신청서를 작성해야 할지 알 수가 없다. 주민등록등본을 뗄 순 없을 거고, 초본은 되려나? 아니면 거주자 확인 사실 증명? 언뜻 연관 있어 보이는 종이를 두어 장 고른 다음 번호표를 들고 기다린다.

내 차례가 되어 창구로 직진해 더듬더듬 늘어놓는다. "제가 지금 누수로 분쟁 중인데, 이웃의 실명을 알아야 해서요. 내용증명을 보내려고요. 그 사람의 실명을 알 수 있는 서류 중, 제가 뗄 수 있는 게 있을까요? 초본이라든지, 거주자 증명이라든지…" 말하면서도 나, 굉장히 수상해 보인다.

아니나 다를까 창구 안 공무원은 아까 우체국 직원보다 더 노골적으로 한심하다는 눈빛이다. "제3자이시면, 여기서 발급받으실 수 있는 서류는 없어요." 억장이 조금 무너진다. 여기서도 답이 없다면 오늘 하루는 멸망일 것 같아 간절하게 묻는다. "아무것도 없나요? 이름만 알면 되는데." 말하면서도 내가 얼마나 이상한 말을 늘어놓고 있는지가 느껴진다. "네, 없어요. 본인이 아니면 형제자매라도 동사무소에서 뗄 수 있는 서류는 없습니다."

투명 가림판 너머의 공무원은 얼른 가라며 내쫓는 문지기의 얼굴을 하고 있다. 쭈뼛대며 봉투를 챙겨 들고 출입문 쪽으로 향한다.

문 밖으로는 아까보다 더 큰 비가 쏟아진다. 보도에는 이미 군데군데 깊은 물웅덩이가 생겼다. 물이라면 이제 지긋지긋하다! 하지만 이대로 돌아가면 내용증명을 보내겠다는 의지마저 빗물에 쓸려 내려갈 것 같아 발길이 떨어지지 않는다.

주민센터 입구에서 일단 스마트폰을 연다. 네티즌들에게 그렇게 당하고도 아직 정신을 못 차린 것이다. 분명 타인이 뗄 수 있는 서류가 있을 텐데 뭐라고 검색해야 하지?

순간, 예전에 본 종편 채널 연예 프로그램이 떠오른다. 연예부 기자들이 모여 건물주 연예인들에 대해 이야기하며 누가 어떤 건물을 얼마에 매입했고, 얼마의 시세 차익을 얻었는지 순위로 매겨 보여주는 프로그램이었다. '뭐 이런 프로그램이 다 있냐' 하면서도 거부할 수 없는 독성에 갇힌 채 채널을 돌리지 못한 기억이 있는데 거기서 '등기부등본 열람'이라는 단어가 나왔던 것 같다. 등기부등본은 본인이나 가족이 아니어도, 열람할 수 있다는 자막을 본 것 같기도 하고?

빠르게 검색해보니 등기부등본은 대법원 인터넷등기소에서 700원만 결제하면 누구든 열람이 가능하다고 한다. 오예. 역시 대한민국 네티즌은 배신만 하지는 않는다.

드디어 해결책을 알게 되었다는 안도감과 이런 것 하나 몰랐다는 자괴감이 동시에 밀려온다. 드디어 **내용증명_최종_최최종_찐최종_진짜마지막.hwpx**를 완성할 수 있겠네? 이걸 몰라서 빗길에 무턱대고 우체국에 가고, 주민센터에 가서 진땀을 흘렸던 것이냐?

뒤이어 딸려 오는 깨달음. 나는 이제껏 이런 걸 몰라도 되는 삶을 살았구나. 그저 눈앞에 놓인 일들만 하나둘 감당하며 살아도 됐었구나.

나이 먹는다고 어른 되지 않는다

열두 살 조카가 작년부터 카드를 써서 줄 때마다 꼭 집어넣는 문장이 있다. "이모는 동안이야. 서른여덟 살로 보여."

만나서도 칭찬하듯 이야기한다. 그럴 때마다 "그래?" 하고 마는데 옆에서 같이 들은 사람들은 하나같이 깔깔 웃고, 내 팔뚝을 밀며 "어머, 좋겠다!"고 한다. 어쩐지 '제대로 된' 반응을 기대하는 듯한 모습에 어영부영 중얼거리고 만다. "좋은 거예요?"

서른여덟 살로 보이는 건 어떻게 보인다는 뜻일까. 다만 몇 살이라도 어려 보인다는 사실에 기뻐해야 할까. 내 나이와 38이라는 숫자 모두 많기만 한데 그 차이가 무슨 의미가 있나. 나에게 있어 서른여덟 살로 보인다는 말은 칭찬도 아니고 농담도 아니고, 굳이 귀 기울이지 않아도 들려오는 새소리나 바람 소리 같다.

타고나기를 동안과는 거리가 멀었다. 얼굴이 길쭉한 데다 코도 길고 얼굴 전체에 살이 없어서 한창 외모에 민감했던 시기에는 어떻게 해도 상큼하지 않다는 점, 어린데도 연륜이 느껴진다는 점이 콤플렉스였다.

하지만 노안의 전성기는 노년에 온다고, 30대 후반이 되고 나서부터 어려 보인다는 말을 듣게 되었다. 그러나 그다지 기쁘지 않았던 것이 대부분 서른 이후의 숫자가 거론되었기 때문이다. 이미 30대인데 30대처럼 보이는 게 과연 어려 보이는 게 맞는가.

무엇보다 나는 내 나이 따위 관심이 없다. 마흔이 넘고부터는 나이를 적극적으로 헤아리지 않게 됐다. 내 나이는 물론 다른 사람의 나이도 말이다.

이렇게 된 데는 한 친구의 영향이 크다. 약 15년 전쯤 처음 알게 된 그의 주변에는 나이 차이가 나는 지인들이 많았다. "누구야?"라고 물으면 그는 언제나 "친구"라고 대답했다. 선생님처럼 보이는 어르신도, 동생 같아 보이는 사람도 똑같이 '친구'라고 불렀다. 낯선 그의 말에 "친구? 몇 살인데?"라고 물으면 대답은 늘 똑같았다. "몰라."

관심이 없는 건지, 진짜 모르는 건지 그야말로 모르겠어서 다시 물었다. "나이를 몰라? 친구라며." 그러자 그는 〈나는 자연인이다〉 출연자가 먼 산을 바라볼 때의 표정으로 대답했다. "어, 몰라. 나이에 관심이 없어서."

그때의 생경함이 또렷이 기억난다. 타인의 나이를 파악해 호칭을 정하고, 그에 맞게 역할을 정해 행동하는 것이 상식으로 여겨지는 K-한국인의 세계에서 선뜻 이해하기 어려운 사고방식이었다. 얘는 지금 내 앞에서 멋진 척을 하는 건가. 아니면 주변 사람에게 관심이 없나. 그것도 아니면 매번 듣고도 까먹을 만큼 건망증이 심한 건가. 수많은 의혹(!)에도 불구하고 "그럼, 너 내 나이는 아냐?"라고 묻지 않은 이유는 분명 내 나이도 모를 것 같아서였다.

하지만 시간이 흘러도 나를 결코 언니라고 부르지 않고, 나이 어린 친구들에게도 선뜻 말을 놓지 않는 일관적인 태도를 보면서 나이에 관심이 없다는 그의 말이 사실임을 알았다. 그 친구와 오랜 시간을 함께하면서 나 역시 서서히 나이에 대한 관심이 사그라들었다.

그가 나를 언니로 대하지 않는 것처럼 나도 그를 동생으로 대하지 않았는데, 그게 낯설면서도 편했다. 언니로서 잘난 모습을 보이지 않아도 되고, 동생에게 대접받지 않아도 서운하지 않은 관계. 각자의 위치에 상관없이 내키는 만큼 나누는 사이. 따지고 보면 그게 친구 아닌가.

누군가를 만나 대화하고, 관심이 생기고, 친분과 우정을 쌓아가는 일에 나이는 중요하지 않은 것 같다. 물론 그가 해온 경험과 생각이 그 사람 안에 켜켜이 쌓여 이른바 '어른스러움'을 만들어내기도 하고, 얼굴에 묻어나는 연륜으로 나이를 가늠하게 만들기도 한다.

하지만 누구보다 지혜로울 거라 기대했던 어른의 미성숙한 행동에 한숨이 흘러나오고, 내 딸뻘인 사람이 나보다 더 큰사람으로 느껴질 때도 있다. 그럴 때면 나이는 숫자에 불과하다는 말도, 나이는 저절로 먹는 게 아니라는 말도 다 맞는 말 같다. 나이는 그저 숫자이기도 하고, 아니기도 하니까.

어느새 대한민국도 만 나이가 도입되었다. 조만간 "한국 나이로 OO살…"이란 관용어는 이 땅에서 사라지겠지. 아이러니하게도 이 소식에 가장 기뻐하는 사람들은 20~30대들이다. 한 살, 아니 두 살까지 어려질 수 있다며 반가워하는 그들의 모습에 진짜 나이 든 사람들은 어떤 표정을 짓고 있으려나. 만으로 쳐도 나이가 많기만 한 사람들에게는 정년을 2년 늦추는 정책이 더 반갑지 않으려나.

나는 스무 살쯤 어려질 수 있다고 해도 사양하고 싶다. 늘 피가 들끓고 모든 것에 촉수를 곤두세우며 지내던 시절 따위, 두 번은 못 살 것 같다. 그렇다고 허무하게 날려버린 것 같은 소중한 시간을 1~2년이라도 더 누리고 싶은 젊은이(!)들의 맘을 모르는 건 아니다. 젊어 보이는 게 아닌, 진짜 젊은 시절은 인생에 있어 얼마 없으니까.

하지만 떠올려보면 그때 나는 누구보다 빨리 어른이 되고 싶었다. 문제는 어른이 되고 나서는 아직 어른이 안 된 것 같다고 주장한다는 거다. **그래서 언제 어른 할 건데? 죽기 전에는 가능하니?** 빼도 박도 못하는 어른이면서 자꾸 아닌 척한다.

어쩌면 나의 나이에 대한 '아무 생각 없음'은 회피에서 오는 게 아닐까. 가진 숫자에 비해 나는 모르는 게 너무 많다. 하지만 적극적으로 알아가며 어른스러워질 자신은 없으니 그냥 눈을 감는 것이다.

평소에는 상관없지만, 예상 밖의 문제들이 발생할 때마다 '미숙한 나'가 나를 괴롭힌다. 이것도 모르고 저것도 모르고, 이것도 무섭고 저것도 두렵고. 당당히 1인분으로 살고 있다고 착각해온 시간이 나를 조롱한다. 너 이런 거 하나도 모르잖아, 이때까지 이런 것도 한번 안 해보고 뭐 했어, 하면서.

몰라도 되는 삶은 안락하다. 계획을 실천하며 살 수 있는 일상은 순조롭다. 그런 인생을 잘 굴러가게 한다고 해서 과연 어른일까. 지금껏 알던 세상이 무너졌을 때 잿더미를 털고 일어나, 몰랐던 걸 하나하나 깨치며 단단해지는 게 어른 아닐까.

몇 년 전부터 SNS에서 자주 보이는 말이 있다. '나도 알고 싶지 않았습니다.' 그 말을 하는 순간, 조금 어른이 된다고 믿는다. 알고 싶지 않았던 걸 알게 될 때, 이제껏 모르고 살았던 걸 해야만 하는 시간들이 쌓여 연륜이 된다. 어쩌면 이번에야 비로소 나는 어른이 되는 중인지도 모른다.

주민센터 입구에 서서 급하게 계획을 세워본다. 집에 가서 등기부등본을 열람하고, 본명을 넣어 내용증명을 수정하고, 다시 나와 우체국으로 가서 부치기. 오늘은 그것만 하자. 이걸 해야 어제보다 조금 더 나아갈 수 있다.

발목이 쓸려 내려갈 듯 거세게 내리는 비에 흠뻑 젖은 채 집으로 돌아와 컴퓨터 앞에 앉는다. 인터넷으로 대법원 인터넷등기소를 검색한다. 등기부등본 열람을 시도하자 어렵지도 않게 윗집 주인의 이름 석 자가 쓰여 있는 등기부등본이 뜬다. 평소에 내가 좋아하는 스타일의 이름이군. 마음에 드는 이름이 주는 묘한 호감을 애써 털어내려 마른세수를 벅벅 하고는 신속히 내용증명을 수정한다. 이름 하나 들어갔을 뿐인데 비로소 공신력 있는 증명서가 된다.

다시 빗길을 뚫고 우체국으로 향한다. 오늘 이 길을 대체 몇 번을 왔다 갔다 하는 거냐. 하지만 이제 분명히 알았지? 내용증명을 보낼 때는 수신인과 발신인의 실명이 모두 필요하다는 걸! 실명은 (남의 우편함을 들여다보지 않아도) 등기부등본 열람을 통해 알 수 있다는 걸! 지금의 나는 한 시간 전의 나보다 성장했다.

빠른 등기 우편은 내일이면 윗집에 도착한다고 한다.

요새 바쁜가 보네?
먹고 싶은 반찬 있음 얘기해
엄마가 새벽에 만들어서
집 앞에 두고 갈게

1

엄마의 끼니

온몸이 물기와 습기에 푹 젖은 채로 귀가한 늦은 오후. 종일 아무것도 먹지 않았다는 걸 깨닫는다. 배는 고프지 않지만 먹어야겠지.

억지로 몸을 움직여 냉동 미역국을 데우고, 그 안에 햇반을 넣어 끓이고, 그나마 먹힐 것 같은 물김치를 내어 밥상을 차려보지만 식욕은 일지 않는다. 그래도 식탁에 팔을 걸치고 앉아 입 안으로 밥을 밀어 넣는다. 아무리 씹어도 맛을 모르겠네. 명치끝만 답답할 뿐 소화가 될 것 같지 않다. 그래도 먹는다.

초저녁, 종일 바깥일을 보고 허기진 상태로 돌아온 엄마는 먼저 부엌으로 들어갔다. 국그릇에 밥을 푸고는 식탁 의자에 다리 하나를 올리고 앉아 말없이 밥을 먹었다. 식은 된장찌개에 만, 색이 변한 밥에 김치 하나. 엄마의 밥상 위에는 음식을 즐기는 여유 대신 끼니를 해결하는 다급함만이 놓여 있었다.

그 정도로 배가 고팠으면 밖에서 뭐라도 사 드시고 오면 될 것을, 이 시간까지 끼니를 걸러가며 해결해야 할 일이 대체 뭐였을까. 식탁에 팔꿈치 하나를 기댄 채, 묵묵히 국에 만 밥을 삼키는 엄마의 모습을 더는 보고 싶지 않아서 나는 조용히 방으로 들어갔다. 엄마의 외로운 끼니가 어느 정도는 나 때문인 것 같아 죄책감 섞인 짜증이 났다.

오늘 나는 엄마를 닮은 얼굴로, 엄마와 비슷한 자세로 앉아 미역국에 만 밥을 먹는다. 아무리 씹어도 소화될 것 같지 않은 밥알의 서걱거림을 느끼며, 그래도 먹어야 한다고 독려하듯 부지런히 숟가락을 움직인다. 맛을 모르겠는 밥. 살기 위해 먹는 밥. 어떻게든 욱여넣는 밥. 이제껏 부모님은 이런 밥을 얼마나 많이 삼켜왔을까.

효녀와는 거리가 먼 인간임에도 마음이 약해질 때마다 부모님의 그늘진 얼굴이 떠오른다. 이건 싸구려 K-감성인가 아니면 일종의 회한인가. 잘해드리지 못하고 있다는 미안함인가 아니면 결국 당신들을 닮고 말았다는 허탈함인가.

언젠가부터 안 좋은 일이 생기면 부모님에게 알리지 않는 걸로 걱정을 덜 끼치고 있다고 자위한다. 이번 일도 알리지 않을 것이다.

다음 날 아침, 윗집 사람이 내용증명을 직접 수신했다는 알림이 카톡 메시지로 도착한다. 가슴이 쿵 내려앉는다. 바로 지금 내 머리 위에서 내가 쓴 내용증명을 읽으려나. 잘 도착했다니 다행이라는 안도감과 함께 앞으로 펼쳐질 일들을 생각하니 겁이 난다.

요 며칠 잊고 있었던 일상들이 하나둘 떠오른다. 밥을 먹어도 먹는 게 아니고, 잠을 자도 자는 게 아니었던 날들. 더는 그러지 말고 풋콩이랑 산책이나 하러 나갈까.

개에게 산책 줄을 채우고 문밖을 나서려는데 혹 긴장이 된다. 혹시 엘리베이터에서 만나는 거 아냐? 공동 현관 앞에서 마주치는 거 아냐? '아니, 내가 뭘 잘못했는데?' 하고 가슴을 내밀어보지만 두려운 건 어쩔 수가 없다. 심장이 놀랍도록 빠르게 뛰어 손으로 가슴을 눌러 진정시킨다.

개가 아프다

비가 마른 땅을 오랜만에 걷는다. 날은 흐리지만 우산이 없어도 되는 게 어디야. 오랜만에 새소리가 들린다. 거리를 걷는 사람들 표정도 요 며칠과 다르게 생기 있어 보인다.

풋콩이는 예상치 못한 시간에 밖에 나와 어리둥절하면서도 기분 좋은 눈치다. 집 근처 공터를 한 바퀴 돌고, 조금 더 떨어진 숲길을 향하는 길, 갑자기 잘 걷던 개가 오른쪽 앞발을 들고는 안절부절못한다. "어? 왜 그래?"

땅바닥에 얼음으로 보이는 게 흩어져 있다. 아이스팩 내용물 같기도 한 그걸 밟고 놀란 모양이다. "괜찮아, 차가웠지?" 하며 이끄는 산책 줄에 억지로 따라오는 개의 표정이 어색하다. 달래듯 천천히 걸어보는데 갑자기 개가 돌진하듯 앞서 걷는다. 그러더니 여기에서 벗어나겠다는 듯 전속력으로 달린다.

영문을 모르겠어 산책 줄을 잡아 당기며 불러 세우니 평소보다 동공이 두 배는 커져 공포로 가득한 얼굴이다. 왜 그러지? 발바닥이 너무 차가웠나? 발에 벌레라도 물렸나?

경직된 몸을 잡고는 다리를 살펴보고 털 사이사이까지 헤집어봤지만 별다른 건 없다. 자리에 쭈그려 앉아 쓰다듬자 잠시 가만히 있던 풋콩이는 재빨리 몸의 방향을 틀어 다시 도망치려 한다. 일단 안아 올린다. "산책하기 싫어? 집에 갈까?" 평소에는 원치 않을 때 안으면 힘을 주며 버둥거리는 개가 오늘은 가만히 있다. 대체 왜 이러는 거지.

서둘러 집에 돌아오니 개가 발을 격하게 핥는다. 발바닥을 잡고 살펴보려는데 발을 빼며 거부한다. 발에 무슨 문제가 생기긴 한 모양. 겨우 발을 낚아채 들여다보니 오른 앞발 바닥이 벌겋게 부어 있다. 발바닥 사이사이도 부어 있어서 살짝 만지니 이빨을 드러낸다. 산책 때 앞발을 움찔한 게 이것 때문이었구나. 아까 밟은 게 단순한 얼음이 아니었나 보다.

부랴부랴 동물병원에 가니 곰팡이성 피부염이라고 한다. 개의 곰팡이성 피부염은 잘 낫지도 않고, 원래부터 갖고 있는 질환일 가능성이 크다는데, 대체 언제부터 시작된 거니. 왜 나는 그걸 몰랐던 거니. 여름철이면 장마에 습도가 높아져, 이 증상으로 개들이 병원을 자주 찾는다고 한다. 문득 누수가 증상을 악화시킨 건 아닐지 마음이 무거워진다.

발을 핥지 못하게 넥칼라를 씌우고, 이틀 동안 처방받은 연고를 수시로 발라주었지만 딱히 낫는 것 같지가 않다. 동네 개 보호자들에게 수소문하니 피부 전문 동물병원이 있다고 한다. 진료를 꼼꼼히 보고, 처치 후엔 예후가 좋은 병원이라 늘 예약이 밀려 있다는데, 아니나 다를까 전화를 거니 2주 뒤에나 오라고 한다. 개 보호자들이 모인 채팅방에다 대고 한숨을 푹 쉬니 풋콩이 친구 뽀나 보호자가 말한다.

"언니! 집이 근처라고 하시고, 취소된 예약 있음 바로 연락

달라고 하세요. 금방 갈 수 있다고요." 그 말에 다시 전화를 거니 오늘 오후에 한 타임이 비어 있다는 대답이 돌아온다. 유연함 따위 없이, 2주 뒤에 오라는 말에 "네" 하고 전화를 끊은 나란 사람이여. 사정 좀 봐달라는 아쉬운 소리는 대체 언제쯤 할 수 있을까.

연이은 병원 나들이에 개는 차만 봐도 몸이 굳는다. 어르고 달래 찾아간 두 번째 병원에서는 곰팡이성 피부염이 아닌 단순 상처라는 소견을 듣는다. 부기도 어느새 가라앉아 딱지가 지고 있는 것 같다고. 딱지가 거슬려 자꾸 발을 핥는 것 같다고 한다.

넥칼라만 며칠 더 하면 될 뿐, 연고도 처방 약도 필요 없을 거라는 말에 안심이 되면서도 의아하다. 며칠 전 곰팡이성 피부염이라 진단한 병원은 대체 뭐지? 나는 또 한번 억울한 사람이 되어 의사에게 매달린다.

"곰팡이성 피부염은 아니고요?"

"네, 평소 피부염이나 가려움 증상 같은 건 따로 없었죠? 정밀하게 들여다봐도 상처가 난 것으로 보여요. 곰팡이 피부염은 양상이 다릅니다. 금방 나을 겁니다."

역시 이분은 명의로구나. 나에게 유리한 말을 해주는 의사에게 더 신뢰가 간다. 위험할 수 있다고, 잘 낫지 않을 거라고 말하는 의사를 만나면, 그를 피해 다른 병원으로 간다. 다른 병원에서 비슷한 이야기를 들으면 또 다른 병원을 찾는다. 결국 원하는 말을 해주는 병원을 만나면 "아, 이 병원 진료 잘 보네" 한다.

중병이 아닌 한 낫고 안 낫고는 중요하지 않다. 마음이 안심되느냐 되지 않느냐가 더 중요하다. 스트레스가 줄어들면 실제로 증세도 좋아질 거라 믿기 때문에. 이건 다 그동안 큰 병에 걸린 적이 없어서겠지. 이번에도 두 번째 병원의 말을 믿어보기로 한다.

집에 돌아와 넥칼라를 두른 채 곯아떨어진 개를 보고 있으니 마음속이 시큰해진다. 자나 깨나 누수에만 진심인 내 탓 같아 가슴이 아프다. 개들은 다 안다. 보호자의 표정 하나, 말투 하나, 행동 하나하나 관찰하며 분위기를 감지한다. 풋콩이 역시 요 며칠 가라앉은 집안 분위기 때문에 힘들었을까. 그 스트레스가 몸으로 나타난 것 같아 하염없이 미안해진다. 옴마미가 뭐 한다고 너를 이렇게나 아프게 하는 걸까.

보름 사이에 내 일상은 대체 얼마나 망가진 것인가. 입맛을 잃고, 잠을 잃고, 집에서의 평화로운 휴식을 잃고, 종일 가슴이 벌렁거리는 것도 모자라 풋콩이까지 아프다니. 이제까지 일만으로도 벅찬데, 앞으로 또 어떤 일들이 펼쳐질까.

너도 이제 명품 백 들어야지

오랫동안 밤 시간을 좋아했다. 모두가 잠든 밤에 혼자 눈 뜨고 있는 게 좋았다. 책을 읽거나 영화를 보고, 좋아하는 음악을 연달아 들었다. 잘 시간을 놓쳐 다음 날 아침, 괴로움에 몸부림치면서도 될 수 있는 한 긴 밤을 깨어 있고 싶었다. 밤의 무게감, 비밀스러움, 고요함과 아늑함이 좋았고, 그 안에 파묻혀 있으면 나 역시 그런 사람이 된 것 같았다.

하지만 요즘은 밤마다 부산스럽다. 탐욕도 득실댄다. 밤마다 호갱노노를 들여다보기 때문이다. 전국 아파트 실거래가를 알려준다는 마성의 앱을 들여다보며, 이 집을 떠나 새로 둥지를 틀 곳이 어디일지 검색한다. 아무래도 이사가 답이겠지. 이 집과는 하루빨리 안녕하고 새집 가서 광명 찾고 싶다.

살고 싶은 동네의 집값을 확인할 때마다 '나, 이날 이때껏 뭐 한 거냐?' 하게 된다. 내가 마련할 수 있는 돈을 입력하면 뜨는 집은 거의 없고, 있더라도 지금의 집보다 낫지가 않다. 이 집을 빼서 여길 가는 게 맞아? 그렇다고 이사 안 가고 계속 사는 건 맞아?

밤마다 새 마음 새 뜻으로 앱을 열어봐도 나를 받아줄 만한 집은 보이지 않는다. 살고 싶은 집에 이미 살고 있는 사람들이 대단해 보이고, 그 사람들은 그 돈을 다 어디서 마련한 건지 궁금하고. 아무리 봐도 지금 이 집이 나에게 최선이라는 걸 깨닫는다. 그치만.

대학 시절부터 가까이 지내던 선배가 있다. 내가 뭐가 마음에 들었는지 그는 늘 좋은 걸 주고 싶어 했고, 일자리도 자주 물어다 줬다. 이후 시간이 흘러 자연스레 연락이 끊겼지만, 건너 건너 들은 소식에 의하면 그는 영상물 제작 일을 시작해 성공을 거두고 있다고 했다.

그런 그가 몇 년 전, 불쑥 연락을 해왔다. 나에게 일적인, 혹은 인간적인 호감이 있으니 시간이 지나서도 연락을 주는 것 같아 반갑고 고마웠다. 매일 혼자 방에 틀어박혀 일하는지라 다른 일을 하는 사람을 만나면 새로운 자극이 될 것도 같았다.

몇 년 만에 만난 그는 머리부터 발끝까지 명품으로 차려입고 있었다. 때 묻은 에코백을 메고 간 나는 그 옆에서 물 위에 뜬 기름 같았다. 이야기를 들어보니 그는 이미 큰돈을 벌었고, 나를 만나는 순간에도 착실히 부가 쌓이고 있었다.

그가 사주는 비싼 밥을 먹으면서 들은 이야기의 요는, 새로 론칭하는 작품에 내가 합류했으면 좋겠다는 것. 갑작스러운 제안에 얼떨떨하면서도, 여전히 나라는 사람의 가능성을 알아봐주는 사람을 만난 것 같아 기분 좋았다. 하지만 해본 적 없는 일이라 긴장됐다. 그는 머뭇거리는 내게 말했다. "부담 느끼지 말고 일단 자주 만나자. 만나서 이런저런 이야기를 하다 보면 좋은 게 나올 것 같아."

그런데 그 말을 들으면서도 왜 그리 마음이 움직이지 않던지. 그는 미리 봐두면 좋을 외국 자료들을 몇 개 추천했지만 굳이 찾아보지도 않았다.

좋은 제안을 덥석 물지 않아 의아했던 걸까. 자신감 없어 보이는 내 모습이 마음에 들지 않았던 걸까. 아니면 자주 보자는 말에도 적극적으로 연락하지 않아 괘씸했던 걸까. 하루는 그가 전화를 걸어와 자못 가시 돋친 말투로 말했다.

"야, 너도 돈 벌어야지. 책 써서 무슨 돈을 벌어. 너 언제까지 에코백만 들고 다닐 거야. 너도 샤넬 백 들어야지. 롤렉스 차야지!"

얼떨떨한 상태로 통화를 마치고 나니 눈물이 났다. 이 나이가 돼서 그런 말을 가만히 듣고 있는 게 말이나 되나 싶었다. 그러다 점점 분노가 올라왔다. 샤넬 백 들으라고? 뭐, 롤렉스? 말이면 다야?! 그날 밤, 그의 연락처를 차단했다.

이후 가까운 친구들에게 속상함을 털어놓으며 잊어버리려 했지만 찜찜함은 꽤 오랫동안 사라지지 않았다. 시간이 지나 기억이 희미해졌을 무렵 알게 됐다. 내가 그때 필요 이상으로 광분했던 건, 나 역시 그처럼 명품 백을 들고 싶었기 때문이었다는 걸. 무엇보다 돈이 필요했기 때문이었다는 걸. 그는 내 안의 욕망을 정확히 꿰뚫어 보고 있었다.

긴 시간 글을 써오면서 먹고살기 빠듯했던 시간이 대부분이다. 그런데도 글을 놓지 못하는 나를 주변 사람들은 안타까워했다. 답을 모르겠으면서도 글쓰기를 계속해온 건 언젠가는 대박이 날 거라고 믿기 때문도 아니고, 잘될 거라는 희망 때문도 아니다. 그 어떤 일도 이만큼 좋아하지 않기 때문이다.

나는 글 쓰는 일을 한다는 것에 자부심이 있다. 그건 좋아하는 일을 하고 있다는 데서 오는 자부심이다. 직업은 나를 구성하는 많은 것들 중 하나지만, 글 쓰는 일은 곧 나이기도 하다.

좋아하는 일을 직업으로 하고 있다는 생각은 힘든 상황에서도 날 버티게 하지만 그 시간은 여러 번 나를 초라하게 만든다. 틈만 나면 '이 길이 맞나?' 자문하게 되고, 여전히 주변에는 '책 써서 되겠니?'라며 날 걱정하는 사람들이 있다.

갑자기 이 시점에 몇 년 전 기억이 떠오른 이유는 뭘까. 그때 선배의 제안을 덥석 물지 않았던 걸 후회해서일까. 열심히 글 써봤자 에코백만 들고 다니는 삶이 지겨워서일까. 이날 이때까지 좋아하는 일을 한다는 사실 하나에 만족하며 살다니, 나는 뭘 몰라도 한참 모르는 걸까.

내가 살 수 없는 호갱노노 속 집들을 한참 들여다보다 동틀 무렵이 되어서야 잠을 청한다.

관심단지로 설정한 센트럴 리버 아파트의 새로운 실거래가 정보가 등록되었습니다.

5부 3주차

진짜 감정

며칠째 시험을 앞둔 사람처럼 가슴이 빠르게 뛴다. 화장실 거울 맞은편에는 회색빛 얼굴에 눈이 퀭한 사람이 서 있다. 3주 만에 살이 쑥 빠졌다. 컨디션이 뚝 떨어진 데다 뭘 먹어도 맛이 느껴지지 않는다. 잔잔하게 불안한 상태가 이어져서, 몇 년 전 종결한 심리상담이 떠오른다. 다시 가봐야 하나. 정신건강의학과에 가서 약을 좀 받아 올까.

윗집에서는 여전히 연락이 없다. 내용증명을 보내는 것으로 해결에 한 발짝 다가갔다고 생각했으나 나만 다가갔나 보다. 다시 그들을 찾아갈 용기도 없다. 문 너머의 얼굴을 상상하는 것만으로도 숨이 가빠온다.

집에 있는 시간이 더 괴로워졌다. 창문을 열어놓으면 윗집의 대화 소리가 선명하게 들려온다. 내가 내는 소리도 고스란히 전달될 것 같아 덥고 답답해도 창문을 닫고 지낸다. 위에서 발소리만 들려도 심장이 두근거린다.

며칠 전만 해도 부글부글 화가 나 있었는데, 지금은 독기가 쑥 빠진 것처럼 너덜너덜하다. 나 왜 이러지? 왜 자꾸 가슴이 두근거리지? 그걸 알아차리자 마음 깊은 곳에서 진심이 들려온다. **나, 지금 무섭네… 무서운 거네.**

나의 분노는 두려움을 가리기 위한 수단이었다. 나는 윗집에 화가 난 게 아니라 윗집이 무서운 거였다. 이미 감당하기 힘든 불편함을 안겨준 사람들이 앞으로 더한 폭탄을 터트릴까 봐 불안했던 거다. 생판 모르는 남에게 무서우니까 그러지 말라고 이야기한들 받아들여지지도, 이해받을 수도 없을 테니 크게 화내는 것으로 진짜 감정을 가렸던 거다.

25년간 임상심리학자로 활동해온 작가 캐서린 길디너는 책 《생존자들》(라이프앤페이지)에서 '분노는 감정이 아니라 방어기제'라고 말한다. '인간은 너무 고통스러워서 실제 감정을 인정할 수 없을 때 분노로 대응한다'며, '화가 날 때마다 분노는 감정이 아니라 방어기제라는 사실을 기억하고 분노가 덮으려는 감정이 뭔지 분석할 것을 권한다'고 썼다.

그 대목에서 내 모습이 겹쳐졌다. 나는 평소 화를 잘 내지 않는다. 아니, 내지 못한다. 분명 화나는 상황임에도 우물쭈물하며 내가 지금 기분 나빠하는 게 '맞는지' 머리로 이해하려 한다. 그 태도의 기저에는 특정한 의식이 있다.

첫 번째로 '화를 낼 자격'에 대한 생각이다. 어린 시절부터 있는 그대로 수용되고, 공감받은 적이 드문 사람은 어떠한 감정이 들 때, 이 감정이 맞는지 그른지 판단하려 한다. 감정은 느끼는 것일 뿐 옳고 그름과는 관계없는 영역임에도 감정을 이성적으로 분석하고 납득하기 위해, 혹은 타인에게 납득시키기 위해 노력한다.

처음에는 타인에게 이해받기 위한 노력에서 시작했던 일이 결국은 나를 이해시켜야 하는 일로 발전한다. '내가 지금 이렇게 느끼는 게 맞는 것인가?'를 따지느라 자신의 감정을 그대로 느끼지 못하고, 받아들이지도 못한다. 화가 나는 상황 앞에서 '여기서 화를 내도 되는 건가?' 하고 의문을 품는다.

인터넷 커뮤니티에 올라오는 게시물 중 '(이런 걸로 화내는) 제가 이상한 건가요?'가 이에 해당할 거다. 이 질문을 습관적으로 하는 사람일수록 진짜 감정을 다른 방식으로 표현하기 쉽다. 나는 평소에 당황할 때마다 크게 웃는다. 웃기지 않는데도 웃는다.

두 번째는 화를 내면 미움받을 거라는 믿음이다. 타인을 지나치게 의식하고, 타인의 평가에 민감한 사람은 늘 좋은 모습을 보이려 하고, 비난받지 않기 위해 애쓴다. '만약 내가 평소와는 다르게 흐트러진 모습을 보인다면 사람들이 나를 어떻게 생각하겠어?'라는 생각은, 진짜 내 모습을 보이면 사람들을 잃게 될지도 모른다는 불안으로 이어진다. 좋은 모습을 보여야만 사랑받을 수 있다는 왜곡된 믿음은 있는 그대로의 자신을 드러내지 못하게 한다.

거절 못 하는 사람들이 이에 해당한다. 그들은 'NO'라고 말하면, 상대에게도 'NO'를 당할 것이라 믿는다. 솔직한 의견을 밝히면 거부당할 것이라는 잘못된 신념을 갖는다. 이런 사람은 거절을 잘하지도 못하고, 거절당하는 것에도 큰 두려움을 느낀다.

세 번째는 화를 내는 건 잘못된 행동이라는 믿음이다. 앞서 말했듯 감정에는 좋고 나쁨이 없다. 하지만 어떤 사람은 소위 부정적으로 인식되는 감정, 즉 외로움, 슬픔, 짜증, 분노 등을 느낄 때 '이런 감정은 나쁜 것이고 이걸 느끼는 나는 잘못된 사람'이라고 여긴다.

감정이 행동으로 이어져 실제로 누군가를 해할 때 문제가 될 뿐, 감정을 느끼고 표현하는 것은 자연스러운 일이다. 그걸 머리로는 알면서도 평소 자기 검열이 심하고, 완벽함을 추구하는 사람은 자신이 그런 감정을 품었다는 사실만으로도 죄책감을 느낀다. 자신의 행동에 이어 감정까지 제어하며 스스로 완벽히 통제하고 있다고 착각하는 것이다.

그동안 나는 내가 그저 화를 못 내는 사람이라고만 생각해왔는데, 그 화조차 진심을 가리기 위한 수단이었다는 발견에 머릿속이 하얘진다. 오랜만에 나를 움직이게 만든 감정 또한 진짜 감정이 아니었다니.

그렇다면 마음의 소리를 들어보자. 눈을 감고 심호흡을 해본다. 후… 나는 두렵다. 후… 나는 불안하다. 집에 있으면 절로 긴장되고 마음이 불편하다. 하지만 내 집에서 이렇게 긴장하며 지내고 싶지 않다….

심호흡은 대부분 도움이 된다. 들썩이던 마음이 순간 차분해진다. 활짝 열어둔 창문으로 시원한 바람이 들어오는 것 같다. 이마 위 땀이 미지근해지고, 부글부글 끓던 머리의 온도도 점점 내려간다.

조금 개운해진 마음으로 일찌감치 잠을 청하려 침대에 눕자 개는 후다닥 내 옆으로 올라온다. 풋콩이의 통통한 배를 쓰다듬으며 중얼거린다. 내일은 조금 더 낫자. 푹 자자. 오늘도 내가 하는 말은 다 나 들으라고 하는 말이다.

잠시 자기 몸을 내어주던 풋콩이는 졸음이 밀려오는지 내 손길을 피해 침대 밑으로 기어 들어간다. 같이 자기엔 덥다는 뜻. 개는 늘 자기 욕구에 충실하다.

아침. 눈뜨자마자 스마트폰을 들어 인터넷 창을 연다. 비극의 주인공 되기는 그만하고 앞으로 뭘 할 수 있을지 자료 조사라도 해봐야겠다.

언제든 날 도와줄 준비가 돼 있는 네티즌들에 의하면 내용증명으로 원만한 해결이 되지 않으면 민사소송으로 가야 한다는 의견이 지배적이다. 고소장은 혼자서도 쓸 수 있지만 법무사를 통해 대리 작성을 할 수 있다고 한다. 고소장 대리 작성에는 최소 15만 원에서 30만 원이 드는구나. 체크.

변호사는 한번 만나 상담하는 것만으로도 시간당 최소 25만 원 이상, 사건을 맡게 되면 수임료로 최소 300만 원이 든다고 한다. 모든 게 돈이구나. 이래서 가급적 송사에 휘말리지 말라고 하는 거였나. 돈 잃고 시간 버리고 인류애 소멸되고.

며칠 전부터 주변 사람들에게 연락을 돌려 아는 법무사나 변호사는 없는지 수소문했다. 전화번호를 두어 개 받는 데 성공했지만 대부분은 도움을 주지 못해 미안하다고 했다.

알아보고 연락을 주겠다고 말하고 연락이 없는 사람이 대부분이다. 나는 미쳐 날뛰고 있는데 그만큼 공감해주지 않는 사람들의 모습에 서운하다가도 이게 무슨 억지인가 싶다. 나 역시 그런 연락을 받으면 비슷하게 행동할 텐데. 여러 번 되뇌어본다. 나의 비극에 모두가 동참해야 한다는 생각을 버리자. 그러는 동안 새삼 느낀다. 역시 인생은 졸라 외로운 거라고. 그런데 그게 또 인생이라고.

나의 사정을 들은 지인들은 눈에 쌍심지를 켜며 "고소해!"를 외친다. 그 말에 속이 시원한 건 잠깐이고, 고소에 드는 비용과 에너지, 시간을 떠올리니 절로 아득해진다. 실제로 전문가들의 법률 상담 내용을 살펴보면 민사소송으로 가는 것만은 최대한 피하고, 원만히 합의하는 것을 추천한다. 법적인 싸움이 그만큼 고되다는 얘기겠지. 법무사를 구해 소장을 쓰고, 변호사를 선임하고, 증거를 모아 사건 개요를 정리하고, 법원을 들락거리고… 이 모든 과정을 상상하는 것만으로도 피로감이 엄습한다. 그냥 이쯤에서 관둘까.

또다시 회피 본능이 고개를 든다. 마음만 잘 다스리면 큰

타격이 없을 것 같다는 변명과 함께. 아… 도망치고 싶다! 다 때려치우고 사라지고 싶어! 마음이 자괴감으로 가득 찬다. 나는 왜 이리 비겁한가. 왜 이렇게 책임감이 없는가.

당연하다는 듯 "고소해야지!"를 외치는 지인들의 모습을 떠올리며 마음속 겁쟁이는 중얼거린다. 그게 옳을진 몰라도, 답은 아닐 수 있어. 무엇보다 소송절차에 돌입하면 이 집은 분명 더 불편한 곳이 되리라는 생각이 나를 움츠러들게 한다. 혼자 사는 사람은 해코지를 당할 수도 있다는 공포가 밀려온다.

이게 다 남자가 없어서인가

"집에 들락거릴 남자 없어?"

며칠 전, 내 이야기를 들은 한 친구가 물었다. 그는 '이런 말은 싫지만' 남자가 있으면 의외로 금방 해결될 수 있다고, 일이 꼬이는 건 네가 여자이기 때문이라며 한숨을 푹푹 쉬었다. 나 역시 그 생각을 안 해본 건 아니지만 이미 내가 혼자 사는 여자인 것을 어쩌나. 집으로 부를 남자도 없고, 있더라도 매번 기댈 수도 없는 노릇 아닌가. 무엇보다 딱히 남자가 믿음직스럽지 않다. 모르는 남자도 아는 남자도 마찬가지다.

이 집에도 남자가 들락거린 적이 있다. 가장 마지막에 만난 사람과는 주말마다 집에서 함께 지냈다. 어느 늦은 밤, 같이 있는데 갑자기 초인종을 누르는 소리가 들렸다. 올 사람이 없는데? 방범 패드 화면을 들여다보니 모르는 남자가 서 있었다. 택배를 주문한 것도 아니고, 음식을 시킨 것도 아니고 이 시간에 무슨 일이지? 나는 조용히 방범 패드 화면을 끄고 아무 대답도 하지 않았다.

남자는 초인종을 두어 번 눌러도 반응이 없자 번호 키를 누르기 시작했다. 삐삐 띠리리 삐삐 띠리리. 그 소리에 나가봐야 되는 거 아니냐고 반응하는 애인에게 소리 없이 동작으로만 말했다.

'쉿.'

잠시 후 문밖에서 나던 소리가 사라져 방범 패드 화면을 켜봤더니, 남자의 모습은 보이지 않았다. 애인은 물었다.

"아는 사람이야?"

"모르는 사람이야. 집을 착각했나 보지."

대체 누구의 집과 착각했기에 번호 키까지 누르는 건지. 온몸이 경직됐지만 아무렇지 않은 척했다. 의아해하는 애인에게 별일 아니라는 듯 반응하며, 리모컨을 조작해 보던 영화를 계속 봤다. 다행히 그 이후 비슷한 일은 벌어지지 않았다. 그 일은 나에게 찜찜하지만 있을 수 있는 일로 남았다. 내 대처가 현명했다고 믿었다.

한참 뒤, 애인과 헤어질 때 그 이야기가 나올 줄은 몰랐다. 그만 만나자는 말을 꺼낸 나에게 그는 숨겨둔 다른 사람이 있는 걸 알고 있었다며 그때의 이야기를 끄집어냈다. 그때? 언제? 누구? 영문을 모르는 내게 그는 왜 거짓말을 하냐는 반응이었다. 그의 자세한 설명에 잊고 있던 기억이 복귀되었다. 그의 상상 속에서 예전 그 초인종남은 내가 몰래 만나던 사람이었다.

얘기가 그렇게 된다고? 말문이 막혔지만 해명해봤자 헛수고라는 걸 알았다. 네가 그렇게 믿는다면 그래라. 너 같은 사람이랑 더 뭘 하겠냐. 내 삶에서 꺼져. 그는 그날부로 나에게 없는 사람이 됐다.

혼자 사는 집 밖에서 낯선 소리가 들릴 때 여성들은 침묵을 선택한다. 누군가가 초인종을 잘못 눌렀을 때나 번호 키를 누르려고 할 때 "누구세요?"라고 묻는 것은 집에 여자가 있음을 알리는 행위다. 그래서 최대한 소리 내지 않는다. 인기척을 멈추고, TV 소리를 줄이면서 아무도 없음을 알린다.

그 침묵은 문밖의 사람을 향한 경고다. '이 집에 여자는 살지 않아요. 그냥 돌아가세요. 다시는 실수로라도 찾아오지 마세요'. 그 진땀 나는 상황이 바람 피우는 이야기로 둔갑할 줄이야. 다시 생각해도 질린다.

나는 앞으로도 혼자 사는 여자로서 비슷한, 아니면 더한 일들을 겪게 될 것이다. 그럴 때마다 '나한테 남자가 없어서'를 한탄하며 지낼 수는 없다. 앞으로도 내 곁에는 남자가 없을 가능성이 크고, 이런 일이 반복되는 게 싫어 남자를 들일 마음도 없다. 강한 여자여서가 아니라, 앞으로도 비슷한 모양으로 살아갈 여자라서 그렇다.

그러다 보니 이번 일도 신중하게 접근해야 할 것 같다. 나에게 가장 현명한 선택은 무엇일지를 다시 생각해보자. 생각, 생각, 또 생각. 그놈의 생각에 질식해 쓰러질 것 같다.

무료 법률 상담

만일의 사태에 대비는 해둬야겠기에 수시로 인터넷을 검색해 자료를 찾고, 관련 사례들을 읽는다. 그러다 보니 나 이외에 이 상황에 대해 아는 사람들을 확보해두어야 할 것 같다.

누수 발생 당일 현장에 있었던 관리사무소 직원과 나와 여러 차례 통화한 입주자 대표와의 대화를 녹취하기로 한다. 통화 내용을 녹음하고 싶다고 밝히니 두 사람은 부담스러운 기색을 보인다. 하지만 나는 윗집에서 발생한 누수로 인한 피해자임을 확실히 하고, 원인이 밝혀졌음에도 피해 보상에 대한 언급이 없는 상황에 대해 재차 설명하면서 도와주십사 요청한다.

조금씩 마음을 여는 그들에게 혹시 이후에 법적인 절차에 돌입한다면 직접 보고 전해 들은 이야기를 다시 한번 진술해줄 수 있겠냐고 묻는다. 두 사람은 모쪼록 원만히 해결되었으면 좋겠다며, 필요하다면 알고 있는 선에서 진술을 하겠다고 약속한다. 그 말을 듣고도 이들에게 이 일에 대해 다시 이야기할 일은 없길 바란다.

그다음에는 동네 주변 도배 업체에 연락해 도배 견적 알아보기. 누수가 이어지는 여름철인 만큼 대부분의 업체가 바빴다. 상황을 말하고, 주소와 면적을 밝히니 언제 지어진 건물인지 묻는다.

임대차 계약서를 꺼내 보며 대답하자 그때 지어진 건물

은 일반 벽지가 아닌 실크 벽지를 썼을 거라며 실크 벽지는 비용이 더 든다고 한다. 그리고 누수가 발생된 자리만 따로 도배하는 건 의미가 없고, 그렇게 진행하지도 않으니 거실 천장 전체와 이어진 벽까지 함께 시공해야 할 것 같다고. 그렇게 하고 나서도 이전 벽지와 다르게 티가 나는 건 어쩔 수가 없다는 말과 함께 견적이 나왔다. "다 해서 최소 70만 원부터 시작한다고 보시면 될 거예요."

증거를 모으고, 도배 견적을 알아보고, 이후 대처를 위한 각종 자료를 찾다 보니 전문가와의 법률 상담이 필요하다는 생각에 이른다. 인터넷을 검색하다 '무료 법률 상담'이라는 글귀가 눈에 띈다. 무턱대고 법무사나 변호사를 만나는 대신 무료로 도움받을 곳을 찾고 싶어 알게 된 것이 대한법률구조공단이다.

인터넷에 '대한법률구조공단'을 검색하면 상담 예약을 통해 법률 전문가들에게 무료 상담을 받을 수 있다. 지역별로 지부가 있어 사는 곳에서 가까운 지부에 방문 상담 예약을 잡을 수 있고, 몸이 불편하거나 이동이 어려운 경우에는 리모트 회의 프로그램을 통해 비대면 상담도 가능하다.

대면 상담은 예약이 한참 밀려 있어서 비대면 상담으로 예약을 잡아 바로 다음 날, 법률 전문가에게 화상 상담을 받기로 한다.

상담 결과, 누수 피해의 경우 경찰에 고소장을 접수하는 '형사고소'의 대상이 아닌 '민사소송'의 영역에 해당되며, 소장을 작성해 법원에 제출하는 '소제기'의 형식을 띤다고 한다. 대체로 사안이 위중하거나 금액이 고가인 사건이 아닌 만큼 변호사를 통해 사건을 해결하기보다, 법무사를 통해 법원에 소제기를 하거나 직접 보수 도배를 한 후 법원에 지급명령서를 신청하는 방식이 바람직하다고 한다.

직접 소송을 진행해 승소할 경우 소송 비용을 얼마나 돌려받을 수 있는지에 대한 조언도 듣는다. 흔히 승소하면 전액을 보상받을 수 있을 거라고 알고 있지만 대부분 소송에 든 비용의 몇 퍼센트를 보상하는 것으로 판결이 난다고. 결국 이기더라도 전체 비용은 회수할 수 없다는 얘기다.

상담 내내 어려운 말이 쏟아져서 질문하랴 메모하랴 정신이 혼미했는데, 끝나고 나서야 녹화 기능이 있다는 걸 알았다. 미리 알았으면 좋았을 텐데. 하지만 20분간의 법률 상담을 통해 나에게 가장 효과적인 대응 방법이 무엇인지 가닥을 잡을 수 있었다.

몸이 아플 땐 주변에 의사 한 명 없다는 사실이 그렇게 안타깝더니, 이번에는 아는 변호사 한 명 없다는 것에 속이 탄다. 하지만 선배의 지인인 변호사의 연락처를 전달받아 간단하게나마 자문을 구하기로 한다.

그는 누수의 경우 피해 보상보다 재발 방지 및 재발 후 대응이 더 중요하다고 강조한다. 한번 발생한 누수는 다시 반복될 가능성이 크기에 누수의 원인을 명확하게 파악하고, 재발이 되었을 경우 어떻게 보상받을지 준비해야 한다고 말한다. 무료 법률 상담을 통해 절차 및 대응 방식에 대한 정보를 접해서인지, 이번에는 이야기가 어렵지 않게 이해된다.

두 차례의 법률 상담을 마치고 나니, 마음이 한쪽으로 기운다. 법적으로 해결하는 건 여러모로 어려운 일이다. 일을 크게 만드는 것만은 피하자. 하지만 여전히 억울한 마음이 부글거린다. 나만 고생할 수는 없지. 내가 괴로웠던 시간만큼 그들도 괴로워야 한다. 그거라도 하지 않으면 답답해 미쳐버릴 것 같다!

이후, 낮이고 밤이고 누수로 인해 망가진 나의 일상만을 생각한다. 머릿속에 각종 정보와 어려운 법률 용어, 법률 자문 내용들이 이리저리 뒤섞여 '자나 깨나 누수만을 생각하는 사람'이 되어간다.

이 모든 수고스러움을 내려놓지 못하는 이유는 잘못 없는 사람이 더 고생하는 현실이 싫어서다. 나는 피해자다. 그런데 피해자가 왜 이렇게 고통받아야 하나.

아랫집 사람입니다.
도배 업체는 알아보고
계신 건가요? 제발
연락 좀 주십시오.

1

도덕경 선배

여전히 처음 겪거나 당황스러운 일이 생길 때면 주변 사람들에게 상황을 토로하고, 어떻게 하면 좋을지 묻는다. 이 나이쯤 되면 어떻게든 알아서 할 수 있을 줄 알았는데 전혀 그렇지 않다.

그럴 때 사람들은 죄다 맞는 말만 한다. 마치 누가 더 맞는 말을 잘하는지 겨루는 느낌이다. 그 말들이 폐부를 찌르고 그처럼 행동하지 못하는 내 모습이 한심하다. 나는 이야기를 털어놓으면서 뭘 원하는 걸까. 해결을 바라는 걸까, 도움을 구하는 걸까, 아니면 위로를 받고 싶은 걸까.

몇 년 전, 일 문제로 법적인 싸움을 이어간 선배가 생각난다. 선배는 해당 사건으로 수년을 고통 속에 살았다. 안 좋은 기억을 끄집어내는 게 꺼려졌지만, 이야기를 나누면 뭐라도 얻을 수 있을 것 같아 전화를 걸어보기로 한다. 사정을 토로하는 내게 선배는 의외의 말을 건넨다.

"이번 일은 그냥 넘어갔으면 좋겠다. 네가 괜히 긴 시간 속 끓이지 않았으면 좋겠다. 나는 인생이란 그런 거라는 얘기를 하는 게 아니야. 오랜 시간 겪어보니 그게 얼마나 나를 갉아먹는 일인지 깨달았기 때문이야. 좋은 게 좋은 거라는 어른들 말이 괜히 나온 말이 아니더라. 많이 억울하겠지만, 이만하면 다행이라고 생각하고 그냥 보내줬으면 좋겠다."

사회 초년생일 때 사수였던 선배는 나의 성격을 잘 안다.

어려운 일 앞에서 내가 얼마나 쩔쩔매는 인간인지도 잘 안다. 그래서 예사롭지 않게 들리는 말이지만 괜히 서운함이 밀려온다. 내 마음을 몰라주는 너무나 이성적인 말, 괜한 분란 만들지 말고 접으라는 말 같아서 마음이 구겨진다.

내 마음속 일렁임마저 눈치챈 선배는 덧붙인다. "내가 요즘 도덕경을 읽고 있는데, 거기 그런 말이 나온다? 물처럼 살아라. 흐르면 흐르는 대로 막히면 막히는 대로. 너한테도 권하고 싶어. 도덕경 읽어봐."

도덕경? **도덕이 실종된 각박한 세상에서 고통받는 나한테 도덕경?** 황당해서 피식 웃음이 흘러나온다. 선배는 그간 세상의 풍파를 겪으며 도인이 되어버린 것인가. 선배의 경험을 모르는 바는 아니지만 내가 지금 도덕경을 읽을 타이밍은 아닌 것 같은데. 어물쩍 대답한다. "알겠어, 언니. 도덕경… 오케이…"

긴 통화를 마치고 나는 왜 물처럼 살지 못하나 생각한다. 벽에서 물이 새면 가만히 바라보고, 그 물이 현관문 밖으로 자연스럽게 흘러가도록 내버려뒀어야 했나. 나야말로 흐르는 물처럼 살고 싶은 사람이거늘, 중간에 물을 막아 흘러넘치게 한 사람이 누군데? 아, 억울하다! 나는 억울하다!

마음이 충분히 공감받지 못하면 공감받기 위해 혈안이 된다. 이 마음을 알아줄 누군가를 찾아 헤맨다. 내가 이상한 게 아니야, 나를 이해할 사람이 분명히 있을 거야. 그때가 되면 문제 해결은 뒷전이고, 내 감정을 받아줄 사람을 찾는 일만이 절실하다.

몇 개월 전, 이웃 때문에 오랜 시간 고생한 친구가 생각난다. 친구는 습관적으로 사생활을 침해하는 이웃을 참다 못해 경찰에 신고했지만 이웃은 '무고죄'를 주장하고 나섰다. 아무리 좋게 해결하려 해도 점점 악랄해져가는 모습에 법적 싸움을 각오하고 몇 번씩이나 경찰서를 들락거렸다.

그 친구라면 내 마음을 알겠지. 겉으로는 대차 보이지만 마음은 여린 면이 나와 비슷하고, 20대 초반부터 서로의 사정을 속속들이 알고 있어서 속상함을 털어놓는 것만으로도 위안이 될 거다. 집에만 틀어박혀 골머리 썩이지 말고 만나서 밥이나 먹자. 서둘러 친구에게 카톡을 보낸다.

친구야, 나 좀 만나주라.

오늘 할 수 있는 일을 하자

약속 시간보다 일찍 도착해 친구를 기다린다. 저 멀리 익숙한 걸음걸이로 다가오는 친구를 보자마자 마음이 놓인다. 오늘은 맛있는 것을 먹고, 커피도 마시고, 이런저런 이야기를 하면서 조금 가벼워져야지. 그 계획만으로도 문제가 조금 해결된 듯한 착각이 든다.

밥 먹을 곳을 향해 걸으며 중얼거린다. "너를 보니까 안심이 된다." 친구는 말없이 내 어깨를 두드린다.

자비 없이 내리쬐는 햇살 아래 휘청이듯 걷는다. 얼마 걷지 않았는데도 얼굴이 서서히 달아오르며 땀으로 옷이 흠뻑 젖는다. 비로소 여름 한가운데 있는 것 같아 마음이 들뜬다. 그래, 이게 여름이지. 여름은 이런 거였지.

그러는 동안 이제껏 얼마나 많은 걸 방치해왔는지 깨닫는다. 입맛이 없다는 이유로 끼니를 거르고, 의욕이 없다며 겨우 시작한 운동을 빼먹고, 일이 손에 잡히지 않는다는 이유로 컴퓨터 앞에서 '누수 피해' 검색에만 열중했다. 밤마다 커지는 걱정과 잡생각에 휴대폰만 만지작거리고, 개와 시간을 보내다가도 지금은 이럴 때가 아니라며 한숨을 쉬었다. 마음에 여유가 없다는 말로 스스로를 벌주며, 안 가져도 될 서러움까지 새로 만들었다. 그러느라 가장 좋아하는 계절을 하염없이 낭비했다. 나중에 되돌아보면 이 시간이 얼마나 아까울까.

맨 처음 나를 사로잡았던 분노는 어느새 억울함으로 바

꿰었다. 억울하다는 감정은 사람을 앞으로 나아갈 수 없게 만든다. 그 자리에 주저앉아 '나 좀 알아달라!'며 투덜대게 한다. 방방곡곡 이 억울함을 호소하는 것이 유일한 임무라는 듯이.

할 수 있는 일을 하기보다 하지 못하는 일을 하려는 사람일수록 '통제' 욕구가 강하다. 모든 것을 통제하겠다는 마음은 아이러니하게도 내 맘대로 되지 않는 것들에 더 집착하게 한다. 불행한 가족 이슈에서 해결사를 자처하며 희생양이 되거나, 잘 안 풀리는 연애나 인간관계에서 헤어 나오지 못하거나, 실현 가능성 없는 일들에 사로잡혀 행동하지 않은 채 공상을 이어간다. 이들에게 현실은 지금 눈앞에서 벌어지는 일이 아니라, 내가 바뀌거나 남이 바뀌어야 달성되는 신기루 같은 것. 그들이 현실을 있는 그대로 바라보기란 어렵다. 심지어 자신조차 있는 그대로 보지 못한다.

하지만 내 뜻대로 되지 않는 것을 바꾸려 할 때 삶은 어긋난다. 그럴 때 중요한 것은 일상의 아주 작은 일부터 통제해보는 것이다. 아침 챙겨 먹기, 하루에 3000보 걷기, 밥 먹고 나서 바로 설거지하기 등등. 사소한 실천 목록을 만들어 하나씩 달성하면서 스스로 통제할 수 있는 것을 늘려가는 것이다. 스스로 할 수 있는 일이 늘어가는 긍정적인 경험을 통해, 마음대로 되지 않는 일에 대한 아쉬움과 미련을 흘려보내기도 조금씩 가능해진다.

얼마 전 SNS에서 본 글귀가 떠오른다. '자신을 통제하지 못하는 사람일수록 남을 통제하려 한다.' 나는 타인의 감정, 상황을 통제할 수 없다. 심지어 나의 감정도 통제할 수 없다. 삶에서 내가 통제할 수 있는 건, 얼마 없다.

친구와 예약해둔 식당으로 들어간다. 평소 대기가 긴 맛집이라 들었는데, 점심시간이 지나서인지 고즈넉하다. 테이블 가득 차려진 일본풍 정식을 먹으며 그간의 이야기를 꺼내놓는다. 내 이야기에 지난 괴로움이 떠올랐는지 친구가 말한다. "시간이 지나니까 뭐가 제일 열받는 줄 알아? 그 사람을 증오하느라 소모한 감정과 시간이 너무 아까운 거야. 왜 그랬어야 했나 싶더라. 내가 들인 시간과 감정은 어떻게 해도 돌려받을 수 없잖아."

그 말에 마음의 소리가 튀어나온다. "나는 무서워. 처음에는 화가 났는데, 이제 무서워. 나는 혼자잖아. 풋콩이랑만 사는데 그 사람들이 바로 위에 있다는 게 너무 무서운 거야."

친구는 공감한다는 듯 온 얼굴을 찡그린다. "나도 그랬어. 퇴근하고 엘리베이터에서 내려 걸어갈 때마다 가슴이 쿵 떨어졌어. 집으로 들어가는 복도에서부터 덜덜 떨었어. 또 마주칠까 봐, 오늘은 또 어떤 해코지를 하려나 싶어서. 집이 더 이상 편한 곳이 아니게 됐어."

정확히 지금 나의 심정이다. 나는 대부분의 시간을 집에서 보내며 일도 집에서 하는 사람이라, 집에서의 시간이 방해받으면 일상이 망가진다. 개를 데리고 밖을 떠돌 수도 없고, 매일같이 카페를 전전할 수도 없다. 게다가 요즘은 짧은 외출을 하고 집으로 들어가는 일도 두렵지 않은가.

"CCTV 달아. 그럼 좀 나을 거야. 그거 달고 나니까 그 사람이 전만큼 괴롭히지 않더라고."

친구 말에 고개를 끄덕이면서 생각한다. 그것까지 다는 일은 없게 해야겠다고. 나는 여전히 모든 상황을 내 뜻대로 통제할 수 있다고 믿는 걸까.

식사 후, 카페에서 커피를 마시고 있는데, 휴대폰이 울린다. 들여다보니 3주 만에 온 윗집의 문자. 이웃은 내가 어디 있는지를 묻는다. 저절로 가슴이 뛴다. 그건 왜 묻지? 지금 우리 집에 오겠다는 얘긴가? 집에는 풋콩이 혼자 있는데? 초인종 막 누르는 거 아냐?! 절로 방어적이 된다.

싸늘하게 답장을 보내자 도배 날짜를 잡기 위해 연락했다는 문자가 온다. 그 문자에 사무적인 답장을 보내자 일정이 정리되는 대로 다시 연락하겠다고 한다. 어쩐 일로 도배에 대한 이야기를 먼저 꺼낼까. 눈에 띄게 부드러워진 이웃의 말투가 신기하기도 하고, 믿을 수 없기도 하고. 드디어 일이 해결되나 싶어 마음이 들뜬다.

한층 달라진 내 표정을 보고 친구는 말한다. "도배는 해야 하는 거겠지. 지금부터 시작일 수 있으니까 너무 재깍재깍 답하지 말고." 그래도 마음이 가볍다. 내용증명이 효력이 있었나? 내가 잘 썼나? 마음을 편하게 먹으니 이런 일도 생기네?

친구는 티 나게 밝아진 내 얼굴을 보며 안도하면서도, 여전히 걱정하는 눈치다. 헤어지는 길에 신신당부한다.

"CCTV 꼭 달고!"

6부 어느새 한 달

3차전

기대와 달리 그 문자를 끝으로 더는 연락이 오지 않는다. 문자 하나에 스르륵 녹았던 분노가 다시금 뾰족해질 준비를 한다. 이번엔 내가 움직일 차례다. 이를 악물며 문자를 보낸다.

연락 기다리는 사이에 휴가도 출장도 줄줄이 취소됐습니다.
도배 일정은 언제 조율되나요?

휴가 및 출장 계획이 있을 리 없다. 이윽고 도배 시공이 가능한 날짜를 묻는 이웃의 답장에 냉큼 날짜를 적어 보낸다.

하지만 며칠을 기다려도 연락이 없다. 이럴 거면 말이나 꺼내지 말지. 꾹꾹 눌러온 화가 흘러넘친다. 밤이 되자 몸에서 열이 난다. 머리가 지끈거리고 목은 따끔따끔, 다리까지 퉁퉁 붓는다. 몸살감기가 심하게 왔나 보다.

새벽이 되니 온몸이 비명을 지른다. 두통과 고열, 근육통에 밤새 뒤척이며 생각한다. 딱 내일까지만 기다린다. 그때도 연락 없으면 진짜 가만 안 있어. 이제 이판사판이다!

오늘은 미리부터 잡아둔 약속이 있는 날. 긴 시간 서로 책으로만 만나오던 동료 작가를 직접 만나기로 한 날이다. 컨디션이 시원치 않지만 몸을 털고 일어나본다. 처음으로 얼굴을 마주하는 자리인데 이렇게 우울한 마음으로 나가도 될까. 초면에 안 좋은 에너지를 전달하는 건 아닐까. 여러모로 취소하는 게 나을까 고민하다가도 더는 일상을 망가뜨리지 않기로 한 나와의 약속을 떠올린다.

밖으로 나서니 우습게도 날씨가 환상적이다. 습기까지 바짝 말라 온 대지의 기운이 나의 외출을 환영하는 느낌이다. 이런 날은 땀을 뻘뻘 흘리면서도 하염없이 걷고 싶다. 중간중간 카페에 들러 목을 축이고 다시 나와 걸으면서 질리도록 여름을 느끼고 싶다. 하지만 그 기분에 미지근한 물을 끼얹듯 다른 생각이 끼어든다. 윗집에 언제 어떻게 연락하지?

조금이라도 가벼워진 마음으로 만나고 싶어서 일찌감치 약속 장소에 도착해 문자를 보내기로 한다. 그동안 받은 법률 자문을 바탕으로 선전포고하듯 장문의 문자를 작성한다. 최대한 단호하게. 최대한 치졸하게. 목적은 하나다. 그를 겁주는 것.

온갖 숫자와 기한과 구체적인 액수와 으름장으로 점철된 출구 없는 문자. 이 문자에도 움직이지 않는다면 민사소송에 돌입할 거라 일러둔다. **고작 도배비 몇십만 원이면 해결될 일을 이렇게 복잡하게 만들고 싶으신가요?** 화면 빽빽이 다다닥 쏘아붙이는 문자는 작성하는 데도 시간이 오래 걸린다. 읽는 데는 시간이 더 들 것이다.

잠시 후 이웃은 최대한 알아보고 있으니 조금만 더 기다려달라는 문자를 보내온다. 눈에 띄게 쩔쩔매는 문장들에 뭐라 말할 수 없는 통쾌함을 느낀다.

당신은 시간을 끄는 걸로 나를 괴롭혔을지 몰라도 나는 그 시간 동안 반격을 준비했어. 빈틈없이 정보를 수집해 제대로 들이대려고 그동안 잠자코 있었던 거야. 두고 보라고. 나 그렇게 호락호락한 사람 아니야!

내 안의 독기가 세찬 날갯짓을 시작한다.

같은 일을 하는 사람과는 처음 만나는 자리여도 어색하지 않다. 마음속에 동지 의식이 있어서일까. 상대의 글을 꾸준히 읽어왔기 때문일까. 이미 여러 번 만나 이야기를 나눈 것 같다.

좀 전까지 바짝 세웠던 마음의 갈퀴를 능숙하게 숨긴 채 좋아하는 존재를 대할 때의 얼굴로 그의 앞에 앉는다. 많이 걷고, 마시며, 이런저런 이야기를 나누다 보니 입에서 멋대로 묵혀두었던 마음이 새어 나온다.

"그래도 이만하면 다행이라는 이야기도 들었어요. 더한 고통을 겪는 사람도 많다고. 인터넷을 보니까 누수 관련해서 별의별 사연이 다 있더라고요. 이 정도면 별일 아니라는 생각도 들고⋯."

내 말을 다 들은 그의 얼굴에 조금 그늘이 진다. 그리고 건네는 말. "고통에 크고 작음이 있을까요. 내가 힘들면 그게 고통이죠."

사람은 자길 닮은 글을 쓰고 자길 닮은 말을 한다. 평소 은은하고 부드러운 문장들 사이에 단단한 직구를 날리는 그는, 정신 승리로 뭉개려는 나의 회피 욕구를 유연하게 끄집어 낸다.

마음이 복잡해진다. 내가 힘들 때마다 찾아 듣는 노래도 이렇게 말하던데.

힘들 땐 힘들다고 말하면 될 텐데
센 척하며 웃어넘기는 우린 겁쟁이야.
외로워도 아무렇지 않은 척하는 이유는
무너져 내리는 날 지키기 위해서지.
분명 나만 이런 건 아닐 거야.
갈 곳 없는 이 마음을,
쉴 데 없는 이 고독을,
끝끝내 놓지 못하고 있는 건 말이야.

— 〈결의의 아침에(決意の朝に)〉, Aqua Times

오랜만의 분위기 환기로 마음이 맑아졌다. 가벼운 발걸음

으로 집으로 돌아가는 길, 휴대폰을 여니 문자가 와 있다. 이
웃의 번호로 도착한 문자에 길바닥에서 휘청한다.

와, 이년 진짜 미친년 아냐? 오빠 얘가 나 협박하는 거 맞지?
씨발 진짜⋯ 이년 완전 돌은 년이네?!

화면을 보자마자 정신이 혼미해진다. 곧바로 가슴이 마
구 쿵쾅거린다. 이거 잘못 보낸 거겠지? 설마 제대로 보낸 거
겠어? 앞서 절절매는 문자 바로 뒤에 찍힌 쌍욕은 보고도 믿
기지 않는다. 실수로 보냈다고 해도 말이 되고, 일부러 보냈다
고 해도 말이 된다. 당혹감에 몸이 떨린다. 이렇게 '끝까지 가
는 게' 싫어서 그동안 기다리며 조심조심 준비해왔는데, 이게
뭐야? 나 이제 어떡해야 돼?

태어나서 처음 들어보는 욕이 내뿜는 공포란 어마어마하
다. 화난 사람은 무슨 짓이든 할 수 있겠다 싶다. 갑자기 집으
로 들이닥치는 거 아냐? 초인종을 마구 누르고 문을 두드리
는 거 아냐? 집에서 혼자 나를 기다리고 있을 풋콩이 생각에
걱정이 밀려온다.

떨리는 손가락으로 부랴부랴 CCTV 업체를 검색해 상담
예약을 잡고, 가급적 빠른 시일 내에 방문 설치를 요청한다.
며칠 전 동물병원을 예약할 때와는 다르게 아쉬운 소리가 입

에서 잘도 흘러나온다. 사정이 급한데, 최대한 빨리 와주셨으면 해요!

내가 외출하는 사이 집에 혼자 있을 풋콩이를 위해 그동안 구입을 망설인 펫캠도 함께 설치하기로 한다. 통화를 마치고 나니 걸음이 빨라진다. 빨리 집에 가야 해.

그사이 또 느낀다. 이제껏 나는 이런 욕 한번 안 듣고 살아왔구나. 인생 잘 산 건지, 헛산 건지. 누수 하나에 뭐 이리 새로운 경험이 많이 따라오는지. 벅차다, 진짜.

지하철에서 친구에게 카톡을 보낸다. 부랴부랴 소식을 전하니 친구는 기함한다. "내가 가줄까?" 나는 괜찮다고, 일단 내일 CCTV를 설치할 거고, 문제가 생기면 도와달라고 말한다. 친구는 언제든 연락하라며 밤에라도 달려가겠다고 한다. 그 말이 고마우면서도 이 일로 괜히 친구한테까지 피해가 가는 건 아닌지 염려된다.

뒤이어 '도덕경 선배'의 번호를 누른다. 자초지종을 말하니 선배는 깜짝 놀라더니 한숨을 푹 쉰다. 이렇게까지 일이 험악해지지 않기를 바랐다며 안타까워하는 목소리다.

우물쭈물하고 있는 내게 선배는 피해 보상 의사를 밝힌 사람에게 고소 이야기를 꺼내면 감정이 상하는 게 당연하지 않겠냐고 되묻는다. 나는 시간을 끄는 게 답답해서 그랬다고 항변한다.

"네가 잘못했다는 게 아니야. 사람 마음이 그렇다는 거지. 그 사람은 적어도 너한테 제스처를 보냈잖아. 네 입장에서는 그 대응이 조금 늦는다고 느껴질 수 있어. 그런데 실제로 도배 업체랑 연락이 안 됐을 수도 있고, 요즘 같은 장마철엔 일정을 잡는 게 어려울 수도 있어.

그 사람은 나름대로 알아보고 있었을지도 모르는데 거기다가 법적 절차를 줄줄 읊으면 기분이 좋겠니. 화가 나겠지. 이웃을 화나게 만들어서 좋을 게 뭐겠어. 네가 잘못했다는 거 아냐. 사람 마음이 그렇다는 거야."

선배의 말을 다 알겠으면서도 가슴은 답답하다. 할 말을 찾지 못해 "언니, 난 그게 아니고…"를 주절대다 입을 다무니 선배가 말한다. "그냥 좀 기다려봐. 네가 또 자극하는 건 더 안 좋은 결과를 만들 것 같아. 우선 봐. 네가 지금 무섭잖아. 집에 편하게 들어갈 마음이 안 들잖아. 일단 다시 연락이 올 때까지 기다려보자. 그때까지 너도 좀 시간을 가져봐."

퉁명스러운 침묵을 지키는 내게 선배는 몇 년 전 층간소음으로 괴로움을 겪은 이야기를 털어놓는다.

"관리사무소에 계속 민원을 넣고, 큰 소리가 들릴 땐 녹음까지 해서 신고할 수 있는 덴 다 신고해봤다. 그래도 되는 게 없어서 윗집에 쪽지도 남겨보고, 찾아가서 읍소하고, 대판 싸워도 보고. 안 해본 게 없는데 바뀌는 게 하나도 없는 거야. 그래서 한동안 집을 따로 구해서 살았다? 멀쩡히 집이 있는데 월세를 내면서 오피스텔에 나가 살았어.

그러다 이렇게는 못 살겠다 싶어 1년 뒤에 다시 집에 돌아와서 밤에 자려고 누웠는데, 천장에서 1년 전하고 똑같은 소리가 나더라. 쿵쿵쿵쿵. 그때의 허탈함은 진짜. 더 이상 화도 안 나더라고."

이야기를 듣는 내 가슴이 다 떨린다. 어, 그래가지고? 그래가지고 어떻게 했어!?

"다음 날, 백화점 상품권 사 들고 그 집에 갔어. 가서 빌었어. 제발 조금만 조심해주면 안 되겠냐고. 잘 때만이라도 좀 부탁드린다고."

"헉. 뭘 그렇게까지 해?"

"괴로운 건 나니까. 그렇게 해서라도 그 집이 조용해진다면 더 바랄 게 없었으니까."

기가 막힌 사연에 콧김을 뿜고 있으니 선배는 마치 내 얼굴을 마주하고 있는 것처럼 말을 잇는다. "너도, 좀 괜찮아지면 만나서 대화를 해봐. 지금은 상상도 안 가겠지만, 서로 오해가 있었던 것 같다면서 잘 이야기해봐. 그렇게 나오는데 욕하고 달려들 사람 없다? 이거 그렇게 눈에 쌍심지 켜면서 해결할 문제는 아닌 것 같아. 이웃한테도 시간을 주고, 너도 시간을 가지면서 어떻게 해결하는 게 좋을지 생각해봐."

선배와의 통화를 마치자 고요해진 머릿속으로 생각이 밀려든다. 내가 바라는 건 뭘까. 약간의 얼룩과 자국을 남긴 도배를 보수하기 위해 거실 전체를 새로 도배하는 것? 생각만 해도 지친다. 이웃과 법적 싸움을 벌이는 것? 상상만 해도 기빨린다. 이미 한 달간의 다툼으로 진이 쏙 빠졌는데, 이 생활을 수개월 더 이어가야 한다니 끔찍하다. 내가 원하는 건 하나다. 내 집에서 불안감 없이 편안히 지내는 것.

그를 위해선 뭘 해야 할까. 얼마 전까지만 해도 비현실적으로 들리던 선배의 조언이 조금씩 마음에 스민다. '이만하면 다행이라고 생각하고 그냥 보내줬으면 좋겠다.'

정의란 무엇인가

집에 도착해 현관문을 여니, 풋콩이가 기다렸다는 듯이 뛰어나온다. 잘 있었어? 잘 기다리고 있었네? 반가움에 신이 난 개를 한참 쓰다듬다 밥을 주니 허겁지겁 먹는다. 개가 급하게 밥을 먹는 모습은 볼 때마다 왜 이리 울컥한지.

풋콩이가 밥에 정신 팔려 있는 사이, 창밖에 놓아둔 식물에 시선이 간다. 요 며칠 비 좀 맞으라고 내놓은 화분들이 어느새 바싹 말라 있다. 창문을 열어 자세히 들여다보니 이파리 하나하나가 타들어가 회생이 어려워 보인다.

이 집에 사는 동안 살뜰히 보살펴온 식물이다. 비슷한 시기에 들인 다른 식물은 한참을 시들다 죽어 흔적조차 사라졌지만, 이 식물만큼은 꿋꿋하게 버텨주었다. 그래서 더 애착이 가서 정성껏 살펴왔는데. 며칠 사이에 처참해진 모습을 보니 온갖 감정이 몰려온다.

생기가 사라지고, 빛을 잃고, 속까지 바짝 타들어간 모습. 이건 마치 내 모습이 아닌가. 입맛을, 웃음을, 잠을, 기쁨을 잃고, 아끼는 식물마저 잃어버린 사람. 나는 대체 뭘 지키고 싶어서 소중한 것들을 방치하며 지내온 걸까.

이제껏 이웃은 그만의 방식으로 대응했다. 일부러 그런 게 아니라 해도 충분히 효과적이었다. 나를 공포에 떨게 했으니까. 그렇다면 나의 선택은 다른가? 방식이 달랐을 뿐 나 역시 그에게 겁을 줌으로써 상황을 해결하려 한 것 아닌가. 단지

그와 다른 방식을 택했을 뿐, 법률 자료를 조목조목 찾아가며 어떻게 하면 그가 겁을 먹고 내 요구를 수락할지 골몰하지 않았던가. 내가 가장 자신 있는 글과 문장으로 옴짝달싹하지 못하게 하지 않았나.

머리를 싸매며 관련 법을 읽는 동안 법적으로 나의 잘못은 없다는 걸 알았다. 하지만 세상사 어디 법으로만 해결되던가. 법으로 모든 게 해결된다면 세상에 억울한 사람들이 왜 있을까. 삶은 팩트만으로 굴러가지 않는다. 팩트보다 중요한 건 기분이다. 나와 이웃은 첫 단추부터 마음 상해가며 끼웠고 결국 여기까지 오고 만 거다.

그런데도 나는 주야장천 법과 상식, 보상을 들먹이고 있으니 사람 마음을 모르는 건지, 알 생각이 없는 건지. 그저 법대로 해결하고자 하는 사람은 정의로운 사람인가. 그렇다면 과연 나는 정의로운가.

TV 프로그램 〈알쓸인잡〉(tvN)에서 소설가 김영하는 말했다. "개인적으로 경계하는 것 중 하나는 정의감이 들 때예요. 이 정의감이 어디서 왔을까 알아봐야 해요." 그는 인터넷 게시물에 '좋아요'를 누르거나 글을 올리는 등, 간단하게 정의감을 실현하고 잊어버릴 수 있는 요즘 같은 시대야말로 정의에 관해 더욱 신중해질 때라고 지적했다. 어쩌면 나와 의견이 맞는 사람에게만 공감 능력을 발휘하면서 그걸 옳음 혹은 정의라 착각하고 있을지도 모른다는 그의 말이 정확히 나를 향했다.

최근 SNS에서 자주 보이는 말이 있다. '죄를 지었으면 벌을 받아야지.' 그 밑에 줄줄이 달리는 분노 어린 댓글, 검색 몇 번으로 어렵지 않게 찾아볼 수 있는 관련인들의 신상 정보와 과거 사진 및 수많은 '좌표'를 통해 우리가 구현하고자 하는 것이 과연 정의인가. 그저 호기심과 처벌, '거 쌤통이다!'라는 후련함 아닌가.

작가로서 일상 속의 글쓰기 중 가장 경계하는 게 있다면 저격 글이다. SNS에 심심치 않게 올라오는 저격 글을 대할 때마다 마음 깊은 곳이 짜게 식는다. 아무리 억울하고, 화나고 서운하더라도 불특정 다수가 보는 데서 특정인을 비난할 목적으로 올린 글은 어떻게 읽어도 탁하다. 당사자가 보고 움찔하길 바라는 의도. 그 글을 읽는 주변인들에게 우쭈쭈 받고 싶은 욕망. 나는 특별한 사람이라는 자만심. 이 모든 게 해괴하게 느껴져 얼굴을 찌푸리게 된다. 유튜브에 자주 올라오는 이른바 '참교육' 동영상도 마찬가지다. 대체 누가 누굴 참교육한단 말인가.

그른 것을 바로잡기 위한 방법에 비난과 처벌만 있는가. 비난과 처벌이 너무나 쉽고 자극적이어서 그에 기대고 있는 건 아닌가. 잘못한 사람을 단죄하는 마음의 기저에는 분명 우월감이 있다. 나는 절대 그런 행동을 하는 사람이 아니야. 하지만 너는 그렇지 않으니 비난받기에 충분해. 여기 이렇게 증거가 있단다. 정의 구현이란 게 이렇게 쉽다.

모두가 알지만 다 읽은 사람은 좀처럼 못 본 책 《정의란 무엇인가》의 커다란 주제는 정의롭다고 생각하는 것과 정의가 다르다는 것이다. 책은 도덕이란 뜬구름 잡는 개념이 아니라 사람들이 서로를 대하는 적절한 방식, 즉 원활한 인간관계를 의미한다는 사실도 알려준다.

그렇다면 나는 정의로운 사람이 아니라, '나는 정의롭다'고 생각하는 사람은 아닌가. 그저 피해 보고 싶지 않은 사람, 내 기분을 망가뜨린 사람에게 비슷한 기분을 돌려주고 싶은 사람은 아닌가.

더불어 과연 나는 이웃을 '도덕적으로' 대하고 있는가. 겨우 손가락 몇 번 움직여 습득한 사실들을 이미 잘 아는 것인 양 내밀면서 반격했다며 통쾌해하는 사람은 아닌가. 결국 나는 이성적이고 품위 있어 보이고 싶어 몸부림치는, 미성숙하고 감정적인 사람. 하지만 모든 사람은 감정적이다. 나에게 감정이 있는 만큼, 이웃에게도 감정이 있다.

선배의 '사람 마음이 다 그렇다'는 말이 조금씩 이해가 된다. 이웃과 친하게 지낼 필요는 없지만 예의를 갖출 수는 있다. 무엇보다 우리는 각자의 공간에서 편안할 수 있어야 한다. 사는 동네가 점점 무서운 곳이 되고, 집 안에서 안정감을 느끼지 못하는 것이 내가 최종적으로 원하는 것인가.

내가 괴로워한 시간 동안 이웃도 편했을 리 없다. 또 언제 아랫집 사람이 뛰어 올라올지 몰라 마음 졸이지 않았을까. 아이들이 무심코 소음을 낼 때마다 심장이 철렁하지 않았을까. 갑자기 도착한 내용증명에 당황하지 않았을까. 내가 보낸 냉기 어린 문자들에 한 달 내내 기분 나쁘지 않았을까.

이웃에게 모질게 구는 동안 누구보다 내가 고통스러웠다. 싸늘한 말을 내뱉은 날이면 밤에 잠을 이루지 못했다. 점점 팍팍해지는 나를 대면하면서, 정작 내가 상처 입었다. 나는 이런 사람 아니었던 것 같은데. 나는 이런 사람 싫은데. 아무리 그래 봤자 나는 그런 사람이었다.

꼬리를 무는 생각을 떨쳐내려 화분에 물을 준다. 이미 낙엽처럼 변해버린 이파리에 물을 어떻게 얼마나 주어야 할지 막막하지만 샤워기로 열심히 뿌려본다. 다시 예전 모습을 찾기를 바라며 마음먹는다. 더는 먼저 움직이지 말자고.

지킬 게 있는 사람

개와 함께 이른 저녁 산책을 나선다. 한껏 서늘해진 바람을 느끼며 느릿느릿 걷는 동안, 내가 원하는 게 바로 이런 시간이라는 확신이 든다. 계절의 흐름을 느끼며 속도를 맞춰 걷는 일. 산책이 끝나면 집으로 돌아가 편안하게 쉬는 일. 어떤 두려움도 없이 동네를 오가고, 외출했다 귀가해 우리만의 시간을 즐기는 일. 지난 몇 주간 한참 멀리 있었지만 어떻게든 지키고 싶은 순간들.

만약 개가 없었다면 내가 그렇게 뜨거워졌을까. 그렇게 아득바득 이를 갈았을까. 우리를 지킬 수 있는 건 나밖에 없다는 생각에 전전긍긍했지만, 나는 개를 지키고 싶다는 핑계로 나를 지키고 싶었다. 우리의 일상이 망가지면 가장 힘들어지는 건 나일 테니까.

지킬 게 있는 사람은 강해지는 것 같지만 오히려 연약해진다. 그리고 각박해진다. 행여나 더 큰 불이익을 볼까 봐 날을 세우게 된다. 그러나 그게 과연 마음의 여유가 없기 때문이라고 말할 수 있는가. 마음의 여유는 세상에 대한 믿음으로부터 온다.

억울한 일을 당해도 해결될 거라는 믿음, 내가 타인을 믿는 만큼 타인도 나를 믿어줄 거라는 마음, 행여나 실패하고 넘어지더라도 붙잡아줄 수 있는 안전망이 존재한다는 기대. 우리 사회에는 이것이 희박하다.

나는 고용 상태가 불안정한 프리랜서로서, 나이 들어가는 사람으로서, 혼자 사는 여자로서, 개의 보호자로서 세상에 대해 점점 차가워지고 타인에 무관심해진다. 믿을 건 나랑 개밖에 없다고 생각한다. 그래서인지 내 것이 침범당한다는 생각이 들면 더욱 날을 세운다. 더는 지기 싫다는 마음으로. 좋은 사람으로 살면 손해만 볼 거라는 확신으로.

하지만 내 안의 너그러움이 메마르면서 가장 힘들어지는 건 나다. 특히 개랑만 지내다 보면 사람이 점점 더 꼴 보기 싫어지는데 그럴수록 마음이 황폐해지고, 세상은 무서운 곳이 된다. 산책하다 만난 시비 거는 사람들 때문에 나는 개가 예쁘다며 다가오는 사람도 피하게 됐다. 사람이 타는 엘리베이터에 왜 개가 타냐고 다 들리게 혼잣말하는 사람을 겪고 나서는, 괜찮으니 같이 타자는 주민의 말에도 말없이 고개를 젓는다. 모르는 남성이 집에 와서 초인종을 누르고, 번호 키를 누르는 걸 여러 번 겪고 나서는 문밖에서 무슨 소리가 들릴 때마다 숨을 죽인다. 거리를 걷다 일부러 어깨를 치면서 걷는 사람이 있어도, 불편한 말을 들으라는 듯 크게 내뱉는 사람을 봐도 모른 척한다. 그게 나를 지키는 일 같아서다.

그러는 동안 점점 좋은 사람들과도 멀어진다. 괜찮은 사람을 만날 기회조차 허용하지 않는 것이다. 타인은 위험해. 세상은 두려운 곳이야. 마스크 뒤에 살면서, 비대면에 익숙해지면서 타인과 세상을 더 믿지 못하게 됐다.

나는 글을 쓰는 사람인데, 함께 살아가는 이야기를 쓰는 사람인데, 이러면 안 되지 않냐며 자괴한 적도 많다. 하지만 나는 글 쓰는 사람이기 이전에 꾸역꾸역 살아가는 한 인간이다. 안전장치 하나 없이 불투명한 미래를 향해 걸어가는 사람. 조금만 정신을 놓으면 얼마 있지도 않은 것조차 잃을까 봐 불안한 사람. 나를 지켜주는 건 나밖에 없다는 믿음은 삶을 얼마나 고단하게 만드는지.

과연 이게 개인의 인성 또는 성향 때문일까. 사회는 나 같은 개인에게 관심이 없다. 그래서 우리는 자기 것을 지키느라 어제보다 오늘 더 표독스러워진다. 나와 이웃이 그랬던 것처럼. 우리 같은 사람들이 모인 사회가 나날이 각박해지는 건 어쩌면 당연하다. 이런 세상에서 우리는 과연 행복한가.

느린 산책을 마치고 집으로 돌아오는 길, 마음의 소리가 들린다. 이제 내가 뭘 원하는지 알 것 같다. 그걸 위해 어떻게 하면 좋을지만 생각하자.

그날 밤, 오랜만에 깊은 잠을 잤다.

터닝 포인트

다음 날 오후, 이웃에게서 문자가 온다. 기나긴 욕설 문자 아래 아무렇지 않게, 돌아오는 수요일에 도배를 해도 괜찮겠냐고 묻는다. 잠시 호흡을 가다듬고 답장을 보낸다.

시간 되시면 뵙고 대화 나누고 싶습니다.
함께 차 한잔할 수 있을까요?

조금 틈을 두고 그는 괜찮은 시간을 정해 연락을 주겠다고 한다. 이후 몇 번의 문자가 오간다. 그동안 날이 서 있던 문자와는 다르게 서로 감정이 누그러져 주고받은 문자들을 물끄러미 바라본다. 여기까지 오는 게 왜 이렇게 어려웠을까. 쉽진 않았지만 그렇다고 어렵지도 않은 일이 왜 그렇게 하기 싫었을까.

그동안 상황을 신속히 해결하는 일에 급급해 내가 어떤 사람인지 잊었다. 나는 싸움을 무서워하는 사람. 예상외의 상황에 지나치게 감정적으로 변하는 사람. 뭐 하나에 꽂히면 주변을 돌아볼 줄 모르는, 이른바 '유도리' 없는 사람. 그러면서도 괴로운 내 마음 하나 다스리지 못해 쩔쩔매는 사람. 그런 나에게 가장 중요한 일은 과연 '옳음'일까 '적당함'일까.

이 일의 주인공은 나. 하지만 이제껏 나는 세상이 '브라보!'를 외칠 만한 선택을 하기 위해 애써온 건 아닐까. 안 맞는

옷인데, 다들 입는 것 같으니 나도 입어야 할 것만 같았다. 적어도 주변 사람들이 보기에 창피하지 않은 선택을 해야 할 것 같았다. 정작 나는 세상을 믿지도 않으면서.

나이가 들수록 이성적인 판단을 해야 할 것 같지만 오히려 반대다. 경험과 시간이 쌓일수록 직관을 따르는 게 뒤탈이 없다. '해야 할 것 같은 것'이 이성적인 판단이라면, '마음의 소리'는 직관적인 선택이다. 이성적인 판단의 기준이 '세상'이라면, 직관적인 선택의 기준은 '나'. 내가 이제껏 쌓아온 경험과 시간을 허투루 여기지 않는 일은 고집이나 뒤처짐이 아니다. 살면서 몸과 마음으로 만들어온 과학을 존중하는 것이다.

난데없는 소동으로 차근차근 망가지는 일상을 목도하면서, 우선순위를 잊고 허둥대는 나를 보았다. 옳은 길은 정해져 있을지 모른다. 하지만 그 길이 내 길은 아닐 수 있다. 나의 선택이 누군가에게는 없어 보이고 겁쟁이 같고, 도망치는 것처럼 느껴질지라도 나에게 맞는 걸 고르는 게 맞다.

문제를 해결하기 위해 집중해야 할 것은 그럴듯해 보이는 해결책을 찾는 일이 아니라 나는 어떤 사람인지, 무엇을 원하는지를 바로 보는 것이다.

저는 수요일 오후가
좋을 것 같습니다.
3시쯤 괜찮으세요?

네, 괜찮습니다.
장소는 집 앞 카페 어떠세요?

심호흡을 위한 산책

이른 아침, 보안 업체가 와서 CCTV와 펫캠을 설치하고 나니 마음이 조금 놓인다. 오후가 되니 이웃은 '안녕하세요'라는 인사와 함께 만남이 가능한 시간을 알리는 문자를 보내온다. 나 역시 '안녕하세요'로 시작하는 답장을 한다. 그러고 보니 서로 처음으로 나누는 인사다. 우리는 1년 넘게 위아래에 살면서 인사 한번 제대로 한 적이 없구나.

맞은편 건물에 있는 카페에서 만나기로 한 뒤, 혹시 동선이 겹쳐 나란히 걸어가는 어색함만은 피하고 싶어 약속 시간에 앞서 집을 나선다.

매일 개와 걷는 숲길을 혼자 산책하기로 한다. 폭우 뒤에 여름이 물러갈 예정인지 며칠 전과는 다른 바람이 분다. 어느새 서글픈 가을 냄새가 난다. 이렇게 여름이 가는 건가 싶어 절박한 마음이 든다.

아직 높은 습도에 얼굴에 달라붙는 머리카락을 떼느라 고개를 숙이면서 잠시 눈을 감는다. 하나님, 저에게 담대함을 주세요. 지혜를 주세요. 아니 다 모르겠고 좀 도와주세요. 기도하는 마음으로 나무 사이를 천천히 걷다 보니 조금씩 빗방울이 떨어진다. 우산을 받쳐 들고 더 멀리 걸어본다.

만나면 어떤 말부터 꺼내야 할까. 얼굴을 마주하는 순간 분노가 폭발하지 않을까. 덜컥 두려움에 사로잡히지는 않을까. 천천히 숨을 고르며 내가 바라는 결말만을 생각한다. 나는 싸우려고 그를 만나는 게 아니다. 그저 이 상황을 마무리하고 싶은 것이다.

한참을 걸으니 한 달 동안 머릿속을 헤집던 생각들이 스르르 녹아내린다. 어깨에 잔뜩 들어간 힘이 조금씩 빠져나간다. 그러는 동안 느껴지는 건 혼자라는 자유로움이다. 지난 시간 동안 나를 징그럽게도 괴롭힌 건 혼자라는 외로움이었는데. 그래, 혼자는 자유로운 거야. 나는 뭐든 선택할 수 있다. 자유롭게, 가뿐하게. 서서히 발걸음이 가벼워진다. 마음은 굳건해진다. 그래, 용기를 내보자. 용기는 있는 게 아니라 내는 거잖아.

약속 장소로 향하는 길. 조금씩 긴장이 된다. 아, 떨려. 이제껏 서로 인상 쓴 모습만 보여온 사람과 제3의 장소에서 마주하는 일이 이렇게 겁나는 일이었다니. 그래도 잘해내고 싶다. 마음을 다잡듯 속도를 내 걷는데 휴대폰 문자 수신음이 울린다.

도착했습니다.

결단의 시간

묵직한 카페 문을 연다. 잠시 서서 두리번거리니 저 멀리 구석 자리에 앉아 있던 이웃이 일어선다. 잠시 쭈뼛거리다 어색하게 웃는다. 그리고 손을 흔든다. 웃다니. 손을 흔들다니.

스르르 긴장이 풀어진다. 이 사람도 뭐든 잘해보고 싶어서 나왔구나. 그럼 나도 표정을 더 풀어봐야지. 늘 보던 반팔 티셔츠와 반바지가 아닌, 차분한 컬러의 원피스를 차려입은 모습을 보니 친구 같다고 해야 할지, 같이 늙어가는 처지 같다고 해야 할지. 멋쩍게도, 나 역시 비슷한 컬러의 바지를 입고 있다.

머뭇머뭇 자리에 앉으니 그도 천천히 따라 앉는다. 내가 먼저 말을 꺼낸다. "그동안 스트레스 많이 받으셨죠. 일을 이렇게 풀려던 게 아닌데… 그래서 뵙고 말씀 좀 나눠야겠다 싶었어요."

날 서지 않은 말투에 그는 기다렸다는 듯 요새 비가 많이 와서 그런지 시공이 가능한 도배 업체를 알아보느라 연락이 늦었다고 털어놓는다. 그동안의 어려움에 대해 한참을 이야기하던 이웃은 작심한 듯 침을 꿀꺽 삼키고는 말한다. "도배는 거실 전체를 새로 해드리려고 해요."

그동안 간절히 듣고 싶었던 한마디. 하지만 나는 그 말을 덥석 물지 않기로 한다. 일단은 듣자. 나의 반응을 기다리듯 적극적으로 말을 이어가는 이웃 앞에서 고개를 끄덕이다 말한다.

"사실 대화로 풀면 될 일인데, 층간소음으로 많이 예민해져서, 계속 안 좋은 모습으로 말씀을 드렸어요. 그래서 선생님께서도 저를 좋지 않은 감정으로 대하셨을 것 같아요.

제가 집에서 일을 하거든요. 그래서 소음이 발생하거나 집에 문제가 생기면 다른 사람들보다 큰 차질이 생겨요. 저로서는 그 부분이 많이 속상했지만 선생님 입장에서는 연이어 안 좋은 얘기를 들으니 기분이 좋지 않으셨을 것 같아요."

내 이야기로 멍석이 깔린 자리에 그가 개인적인 사연을 줄줄이 풀어놓는다. 우여곡절 끝에 편찮은 친정어머니를 모시게 되어 함께 이사를 왔는데 오자마자 층간소음으로 이웃이 올라오고, 얼마 안 가 누수까지 발생하니 막막했다고. 본인이 우겨서 이 집으로 오게 됐는데 다 자기 잘못이었나 싶고, 자꾸만 트러블이 생기니 필요 이상으로 세게 나가게 됐다고. 자기 때문에 온 가족이 예민해져 집안 분위기가 말이 아니었다고 말한다.

얼굴을 마주하고 들으니 그럴 수 있겠다 싶다. 그렇다고 모든 게 이해되지는 않는다. 그의 고충에 정작 나는 쏙 빠져 있기 때문에. 잠시 허탈해지지만 마음을 다잡는다. 나는 투덜대려고 이 자리에 나온 것이 아니다. 그를 이해하려고 나온 것도 아니다. 그래서 말을 줄이고 대신 듣는다.

쉴 새 없이 움직이는 그의 입술을 마주하다 보니, 더 이상 그에 대해 아무것도 느껴지지 않는다. 좋아하는 것도 관심이지만 싫어하는 것도 관심이다. 아무것도 느껴지지 않을 때 그것에서 자유로울 수 있다. 나는 이제 당신에게 감정이 없어요. 그러니 그냥 좋게 끝냅시다. 감정이 없어도 예의를 갖출 수는 있다. 문제를 해결하는 건 분노가 아니라 시간이다. 이번 일로 호되게 배운 것이 그거다.

우리는 10여 분간 적당량의 민망함과 억울함을 미소로 숨긴 채 각자의 심정을 털어놓는다. 그러다 보니 내가 이만큼 잘못하고, 그가 저만큼 잘못한 게 뭐가 중요한가 싶다. 나는 그가 내게 욕설 문자를 보낸 것을 거론하지 않고, 그는 내가 몇 번씩 현관문을 세게 두드리며 소리친 것을 탓하지 않는다. 그것만으로도 이미 충분한 화해의 제스처다.

시간이 지날수록 결심이 굳혀진다. 이미 며칠 전부터 내린 결론을 단순하고 짧게 전한다. "도배는 안 해주셔도 돼요. 그냥 안 할게요." 그 말에 그는 믿기지 않는다는 표정을 짓는다.

"벽지가 울고 얼룩도 그대론데요. 천장 벽지를 다 뜯어가며 도배하는 건 내키지 않네요. 다만, 누수라는 게 재발이 잘되니까 다음에 또 누수가 되면 그때는 기분 좋게 요청할게요."

마지막으로 층간소음만큼은 조심해줄 것을 에둘러 말한다. 이로써 나는 오늘 이 자리에 나온 목적을 달성한다. 몇 분

후 그는 한층 밝아진 얼굴로 카페를 떠난다. 이웃 역시 오늘의 목적을 달성하고 돌아가는 걸까.

이게 뭐라고. 이게 다 뭐라고 그리도 괴로운 시간을 보내온 걸까. 고통의 시간에 탈탈 털려 항복하는 마음으로 뒷걸음질 치니 의외로 거기에 해결책이 있었다. 나는 지기로 했다. 싸움을 관두기로 했다. 그러자 상대도 두 손을 들었다. 그러고 나니 상황 종료. 일이 안 될 때는 그렇게도 안 되더니 되려고 하니 이렇게 간단하다.

사람 하나가 빠진 자리를 우두커니 바라보면서 생각한다. 됐다. 끝났다. 나도 당신도 고생 많았다. 풋콩이도 고생했고, 윗집 식구들도 그랬을 거다. 이제 각자의 자리에서 안심하고 삽시다. 가급적 마주치지 말고요.

잠시 멍하니 앉아 있다가 도덕경 선배에게 전화를 건다. 상황을 전하니 선배는 말한다. "신회야, 잘했다. 네가 이긴 거다. 네가 진 거 같지만 이긴 거야. 그렇게 보내주는 거야." 선배에게 처음으로 듣는 인정의 말에 고개를 주억거리면서도 이제는 이기고 지는 것 따위 상관 없다.

그저 한 달이나 밀린 숙제를 끝낸 기분. 이제 집에 가자. 가서 잃어버린 일상을 하나하나 되돌리자. 으쌰, 하고 일어나려는데 이웃에게서 문자가 온다. 살가운 투로 고마움을 표하며, 앞으로 서로 잘 지내기를 바라는 덕담의 문자다. 답장으로

감사합니다, 라고 쓰다가 지운다. 감사하지는 않기 때문에.

이참에 밀린 인사 나눴네요. 다음번에 누수가 재발하면 그땐 정중하게 요청하겠습니다. 여름 마무리 잘하시길요.

끝까지 잘 지내고 싶은 마음은 없다는 걸 어필하는 나. 전혀 멋지지 않지만 이게 나인걸. 상대가 어떻게 받아들이는지는 말을 건네는 순간 내 손을 떠난다. 내 통제 밖의 일은 계산할 수도 없고, 계산한 대로 되지도 않는다는 걸 이제 조금은 알겠다.

대학교 때, 교수님이 했던 말이 생각난다. "저는 이 세상에 대화로 풀 수 없는 문제는 없다고 생각해요. 여러분도 사정이 생기면 뭐든 이야기하세요. 제가 들을게요." 당시에는 그저 마음 넓은 어른이라서 할 수 있는 말이라고 생각했는데, 그게 세상의 이치였던 걸까. 대화로 풀 수 있다는 걸 알면서도 감정이 앞서면 시도 자체가 불가능하다.

하지만 어떤 일을 대화로 풀고 나면 생각보다 그게 가장 효과적인 해결책이라는 걸 알게 된다. 바꿔 말하면 나는 이제껏 갈등을 대화로 풀어본 경험이 없었던 거다.

그저 감정을 삭이거나, 상대방을 원망하거나, 나 몰라라 도망치거나 아니면 없던 일처럼 눈을 감았다. 내 감정을 제일 앞으로 내세우고 그걸 몰라주는 세상과 상대를 원망하면서 문제를 더 크게 만들어왔다. 지나치게 심각해지면서. 필요 이상으로 비장해지면서. 하지만 이번 일을 통해 알았다. 그럴수록 문제에서 더욱 멀어진다는 것을. 결국 문제가 주인공이 되어 나를 휘두른다는 것을.

카페를 빠져나오니 어느새 비는 그쳐 있다. 아스팔트 위로 희미한 여름 냄새가 난다. 숨을 깊게 들이마시니 비 냄새가 묻은 땅 냄새가 코 속을 가득 채운다. 아직 여름은 남아 있구나. 지금이라도 누리면 될까.

한 달 만에 나는 얼른 돌아가고 싶은 집을 향해 걷는다.

7부 그리고 그 후

재미로 쓰고 재미로 사는

다른 도시로 강연을 하러 갔다. 질의응답 시간에 한 분이 손을 들고 말했다. "오늘 작가님이 여기 있는 사람, 여럿 살리셨어요." "제가요?" 하고 웃고 말았지만, 집에 돌아와서도 그 말이 잊히지 않았다. 내가 과연 사람을 살릴 수 있을까.

역병의 시간을 건너오면서 내 안에 맴돌던 질문이 있다. 과연 글이 세상에 도움이 될까. 이 질문은 수시로 떠올라 내 일과 글의 의미를 곱씹게 했다. 이제껏 재미있다는 이유로 글을 써왔는데, 갑자기 의미가 더 중요하게 느껴졌다. 이런 상황에서 글이 무슨 소용이야? 책이 무슨 의미가 있어? 과연 내가 쓰는 글이 세상에 필요할까?

고민이 길게 이어지던 중, 일이 벌어졌다. 장점이 고요함 하나던 집에 소음이 쿵쾅댔고, 갑자기 집 천장에서 물이 떨어졌다. 익숙하지 않은 상황에 전전긍긍하는 동안 우습게도 글이 쓰고 싶어졌다.

매일 컴퓨터 앞에 앉아서 그날 벌어진 일들을 기록했다. 내가 이렇게 억울하거든? 답답해 미치겠거든? 심지어 오늘은 이런 일이 있었어! 혼자 대나무숲에 들어가 소리 지르듯 쓰고 또 썼다. 그거라도 하지 않으면 살 수가 없었다.

내가 겪고 있는 일을 이해하는 유일한 사람은 나라는 사실이 한없이 외로우면서도 '그렇다고 무너지면 안 돼!' 하고 혈기가 들끓었다. 마음이 힘든 날일수록 더 많은 글을 쏟아내면서 분명하게 살아 있다는 실감이 들었다.

황당하게도 누수 때문에 매일 글을 쓸 수 있었다. 차곡차곡 써온 원고를 모으니 책 한 권으로 엮을 만큼이 됐다. 그래, 새 책은 이 원고들을 모아서 내자. 초고를 사람들에게 보여주고 피드백을 받기로 했다.

이제껏 글을 써오면서 누군가에게 초고를 보여준 적이 한 번도 없었다. 예상치 못한 피드백을 받을까 봐, 칭찬보다 비난이 많을까 봐, 받아들이기 힘들거나 이해되지 않는 이야기들로 상처 입을까 봐 최대한 꼭꼭 숨겼다.

하지만 이번만큼은 그러면 안 될 것 같았다. 평소와는 다른 느낌으로 초고를 완성했으니, 새로운 방식을 시도하고 싶었다. 자신감이 바닥났을 때 좋은 점이 하나 있다면, 상처 입을 자신감조차 남아 있지 않다는 것. 텅텅 비어 걸릴 것 하나 없는 마음으로 이제까지와는 다른 걸 해보기로 했다.

신뢰하는 사람들에게 원고를 돌렸다. 다음 날부터 정성이 가득 담긴 피드백이 차곡차곡 도착했다. 도움되는 말이 차고 넘치는 가운데 유난히 신경 쓰이는 의견이 하나 있었다.

그동안 내 책이 나오면 누구보다 먼저 읽던 사람의 말이었다. 분명 처음 읽는데 이미 읽은 글 같다고. 무난하게 읽히지만 특별한 무언가가 느껴지지 않는다고. 그는 마지막으로 덧붙였다.

컴포트 존을 떠나시오!

그 한마디가 내내 목에 걸린 가시처럼 내려가지 않았다. 나에게도 이번 초고가 그렇게 읽혔기 때문이다. 꾸역꾸역 쓰긴 했지만 마음에 쏙 차지는 않았다. 그중 한 편만 조금 달랐다. 이유는 모르겠지만 신경 쓰이는 원고가 하나 있었다.

그 원고는 가장 많은 피드백을 받았지만 긍정적이지 않은 반응이 대부분이었다. 길이가 지나치게 길고, 감정 과잉에, 읽다 보니 스트레스를 받더라는 얘기도 있었다. 무난하게 읽히는 다른 원고들과 달리 튄다고, 어떻게 받아들여야 할지 난감했다는 의견도 있었다.

피드백이 이해되면서도 원고를 포기하고 싶지 않았다. 읽을 만하게 만들기 위해서는 고난의 시간이 예상됐지만 나 아니면 못 쓸 원고였다. 지금의 나를 가장 극명하게 드러내는 글이었으니까. 마지막으로 편집자의 의견을 들어보기로 했다.

보름 뒤에 편집자와의 미팅이 예정되어 있었다. 짧다면 짧은 시간이었지만 나에게는 영겁처럼 느껴졌다. 과연 그는 내 원고를 어떻게 읽었을까.

미팅 날 그는 말했다. "저는 별로 긴 얘길 할 게 없어요." 그리고 문제의 원고를 꼭 집어 말했다. "이거 한 권으로 가는 게 좋을 것 같아요."

그 원고는 바로 여러분이 앞서 읽은 '누수 이야기'다. 전혀 예상하지 못한 편집자의 피드백에 놀랐지만 마음 깊은 곳에서 기쁨이 흘러넘쳤다. 아마 나는 미팅 내내 웃는 건지 당황한 건지 모를 표정을 하고 있었을 것이다.

내가 이 글을 왜 썼는지 이해하는 사람이 있네? 그럼 됐어. 그거면 된 거야. 독자를 의식하지 않고 쓴 만큼, 독자를 의식하지 않는 책 한번 내보지 뭐. 책이 잘 팔리면 좋겠지만 안 팔리더라도 내게는 의미 있을 것 같았다.

다음 날부터 퇴고를 시작했고, 최종 원고가 나올 때까지 매일 작업 방으로 출근해 손이 후들거릴 때까지 고쳤다. 글 쓰는 게 즐겁다고 느낀 게 얼마 만인지. 이미 다 아는 이야기임에도 이 글이 어떻게 흐르고 매듭지어질지 궁금했다.

이후 수없는 고민과 막막함, 두려움의 시간이 번갈아 찾아왔지만 그조차 반가웠다. 이 나이에, 이 연차에 글을 쓰면서 무섭다고 느끼는 건 좋은 것 아닌가. 무서운데도 자꾸 쓰고 싶은 건 또 얼마나 귀한 경험인가. 오랜만에 글쓰기의 모든 과정을 즐기게 됐다. 그렇게 나는 매일 글 쓰는 삶으로 돌아갔다. 지난 3년간 간절히 원해온 그 시간으로, 거짓말처럼 복귀했다.

이제껏 나는 내가 괜찮은 사람인 줄 알았다. 고상하고, 매너 좋고, 경우 없는 짓이라고는 할 줄 모르는 이른바 문화 시민인 줄 알았다. 하지만 이 글을 다 쓰고 나서 알았다. 나는 겁 많고 신경질적이고 치졸하고 오만한 사람. 앙갚음을 옳은 일이라 믿고, 내 마음보다 남들의 시선을 더 중요하게 여기는 사람. 정의로운 척하지만 하나도 그렇지 않으며 무엇보다 결코 좋은 이웃이라고 말할 수 없는 사람이다. 줄곧 감추고 싶었던 내 모습이 고스란히 드러난 글을 마주하니, 오히려 마음이 후련했다.

내가 늘 좋은 사람이 되고 싶었던 이유는 좋은 사람이 아니었기 때문이다. 가짜가 더 진짜 같은 것처럼, 애써 좋은 사람인 척하며 살아왔을 뿐이다. 앞으로도 나는 온갖 모순과 위선을 정리 안 되는 짐처럼 끌어안고 살아갈 것이다.

이번 일을 겪고 나서 세상에 대해 조금 낙관적이 됐다. 타인을 덜 두려워하게 됐고, 덜 진지해졌다. 매사 진지해질 필요는 없는 것 같다. 문제를 해결하기 위해 진지하게 임했더니 내 일상도 진지하게 망가졌다. 웃음이 문제를 해결해주진 않지만 도움은 된다. 속상함에 운 적도 많지만 하루에 적어도 한 번은 웃었다. 그 시절 일기를 들춰보니 이런 말이 쓰여 있다.

기분이 내내 좆같은데 한 번은 웃었네.

뒤늦게 도덕경도 읽었다. 물 이야기가 엄청 나온다. 그 옛날 노자의 집에도 물이 샌 걸까. 그가 내 심정을 헤아린다.

古物或損之而益(고물혹손지이익)

或益之而損(혹익지이손)

대체로 사물은 손해를 보는 것이 오히려 이익이 되고

이익을 보는 것이 도리어 손해가 되는 경우가 있다.

나는 여전히 글이 사람을 살릴 수 있다고는 생각하지 않는다. 내가 의미 있는 글을 쓰고 있다고도 생각 안 한다. 짧지 않은 시간 동안 의미 따위를 고민하느라 꼴값을 떨었지만 역시 글쓰기는 재미로 하는 것. 나는 재미가 있어야 쓰고, 재미를 느껴야 사는 사람이다.

내 글이 사람을 살릴 수 있을지는 모르겠지만, 쓰다 보니 적어도 나는 살았다.

※ 작품 속 인물 및 상황은 사생활 보호를 위해 각색했음을 밝힌다.
　그때의 나만 남기고, 이야기를 새로 만든다는 생각으로 썼다.